K.F. Breene
&
Shannon Mayer

Shadowspell – Die Akademie der Schatten

K.F. BREENE & SHANNON MAYER

SHADOWSPELL

Die Akademie der Schatten

Buch I

verlag von morgen

2021

Zuerst 2019 erschienen unter dem Titel *Shadowspell Academy – The Culling Trials (Book 1)*.

Titel: *Shadowspell – Die Akademie der Schatten (Buch 1)*
Autoren: K.F. Breene und Shannon Mayer
Übersetzung: Josephine Sun und Julian Kiefer
Verlag: verlag von morgen
Cover: Ravven
Deutsche Erstveröffentlichung: Berlin 2021
ISBN: 978-3-948684-97-6

© 2021 verlag von morgen, Berlin
Alle Rechte vorbehalten.

KAPITEL 1

„Verdammt, Wild! Halt sie fest, sonst zerfetzt sie mich!", rief mein Vater.

„Leichter gesagt … als getan … alter Mann …" Ich konnte mich kaum festhalten, während Bluebell, unsere fünfzehnhundert Pfund schwere Langhornkuh, ihren Kopf herumschwenkte und einen wütenden Blick auf meinen Vater warf. Er nähte gerade ein klaffendes Loch in ihrer Seite. Sie war mit Whiskers zusammengeprallt, unserem riesigen Bullen, den meine Schwester unglücklicherweise so getauft hatte, als sie noch jünger gewesen war. Whiskers war nicht gerade für seine Frauenfreundlichkeit bekannt. Wahrscheinlich war er immer noch sauer wegen des Namens. „Sie hat wirklich … *wirklich* …" Ich legte meine Hände um das glatte Horn und fluchte vor mich hin, während meine Finger näher an die Spitze rutschten. „… Schlechte Laune!"

Das mürbe Lachen meines Vaters war kaum zu hören. Ich biss die Zähne zusammen und grub meine Fersen in den lockeren Boden. Dann drückte ich mit aller Gewalt gegen die Metallstangen unseres notdürftigen Fangstands, eine Art Käfig für Kühe, um ihn aufzusperren. Die baufällige Konstruktion ächzte und knackte. Bluebell stampfte vor Ungeduld – oder vielleicht vor Schmerz – mit den Hufen, und Schlamm spritzte mir ins Gesicht. Die stinkende Pampe tropfte über meine Mundwinkel. Bevor ich die Lippen schließen konnte, spürte ich dreckigen Sand zwischen den Zähnen. Ich unterdrückte den aufkommenden Würgereiz, spuckte zur Seite hin aus und versuchte, nicht zu schmecken, was da gerade auf meiner Zunge gelandet war.

So sehr ich es auch liebte, ein Mädchen vom Land zu sein, in Momenten wie diesen wünschte ich mir ein Haus in der Stadt. Houston. Oder Dallas. Irgendwo in Texas, nur nicht in dem großen Nirgendwo, das mein Zuhause war, eine Viertelmeile vom nächsten Nachbarn entfernt und von dort aus noch einmal fünf Meilen weit weg von einer winzigen Stadt. Aber ich hatte jetzt keine Zeit zum Träumen, und ich spuckte noch einmal aus, um den

Schlamm aus meinem Mund loszuwerden – jedenfalls hoffte ich, dass es Schlamm war.

Ich reckte den Hals, um einen Blick auf meinen Vater werfen zu können.

„Johnson, bist du okay?", brüllte ich.

Sein schwächelnder Körper hatte es von Jahr zu Jahr schwerer, sich noch auf den Beinen zu halten, das war ein offenes Geheimnis in unserer Familie. Er war zu früh zum Krüppel geworden, und er konnte nicht mehr so tänzelnd einer wütenden Kuh ausweichen wie früher. Dad war Mitte vierzig, bewegte sich aber, als wäre er über hundert. Nur seine Hände waren immer noch ruhiger als die von jedem anderen, wenn es darum ging, die Tiere sicher zu nähen ... vorausgesetzt natürlich, dass ich die Kühe in unserem Fangstand halten konnte, was mir momentan nicht gerade glänzend gelang.

„Alles okay", rief er angespannt. „Braucht noch 'ne Weile. Die alte Bluebell hier hat ein dickes Fell, weißt du."

Bluebell warf sich zur Seite und schleifte dabei meine Füße durch den Schlamm. Knurrend riss ich sie zurück in eine halbwegs gerade Position. Der Fangstand ächzte, und die Schweißnaht an der Stange, die mir am nächsten war, begann zu reißen. Wenn sie aufbrach, würde sich unser

Kampf mit Bluebell in einer völlig neuen Arena abspielen …

„Komm schon, du fette Kuh, hör auf zu mucken!", knurrte ich.

Sie muhte laut und zuckte wieder mit dem Kopf zu meinem Vater herum. Mein Knie stieß gegen die Metallstange, ich schrie vor Schmerz und konnte mich kaum noch an ihrem Horn festhalten. Bluebell nutzte diese Chance. Sie schlug mit der Schulter gegen die lose Stange und riss sie aus dem Fangstand, schlug aus und traf meinen Vater. Im hohen Bogen flog er durch die Luft.

Er schrie auf, als er in den Schlamm klatschte – bestimmt hoffte auch er, dass es Schlamm war.

„Sag mir, dass du dir nicht das Genick gebrochen hast!", rief ich schwer atmend. Ich versuchte, die in mir aufkeimende Angst zu unterdrücken. „Dad?" Mein Knie pochte, aber ich spürte den Schmerz vor lauter Sorge kaum.

Es folgten gute fünf Sekunden, in denen er nicht antwortete.

„Mir geht's gut", grunzte er, und ich keuchte angestrengt. Ich hatte gar nicht gemerkt, dass ich die Luft angehalten hatte. Seine Cappy und sein dunkles Haar

tauchten langsam wieder über der Schulter der Kuh auf.
„Das hab ich nicht kommen sehen. Eines Tages werden wir uns einen anständigen Fangstand leisten. Vielleicht einen von diesen mit 'ner richtigen Rückhaltetür."
„Mit Sicherheit. Wir müssen nur anfangen, Lotto zu spielen."
„Ich sage dir doch ständig, du sollst einen Schein ausfüllen. Mit deinem Glück wären dann all unsere Probleme Geschichte."

Ich lachte und vergewisserte mich, dass ich Bluebells Horn fest im Griff hatte. Wenn das nur wahr wäre, dann würde ich ein paar Dollar zusammenkratzen, mich morgen auf den langen Weg in die Stadt machen und gleich einen ganzen Stapel Lottoscheine kaufen. Der Glückspilz der Familie war allerdings mein älterer Bruder Tommy gewesen. Aber das hatte ihm am Ende auch nicht viel gebracht.

Bei der Erinnerung regten sich Trauer und Wut in mir, die seitdem wie ein Klumpen in meinem Magen lagen. Ich schluckte schwer. Was mit Tommy passiert war, lag in der Vergangenheit. Es war zu spät, um es zu ändern.

Ich senkte den Kopf und wischte mir den Schweiß vom Gesicht. Das Ende des Sommers in Texas war so heiß wie der Tanga des Teufels, und ungefähr genauso schwül. Der Regen in der Nacht zuvor hatte daran nichts geändert.

„Hör auf zu träumen, Johnson", sagte ich zu Dad, ein bisschen zu ernst. Meine Hände glitten abwärts, der Schweiß machte sie glitschig. „Ich kann Bluebell nicht mehr lange halten."

Man sollte meinen, der frühe Verlust seiner Frau und seines ältesten Sohnes hätte Dad verbittert. Aber nein, ich war hier die Pessimistische. Noch dazu hatte ich nicht einmal mehr meinen besten Freund. Rory fehlte mir, aber wenigstens hatte er diese verdammte Einöde verlassen. Und er hatte noch ein Leben vor sich, nicht so wie Mom und Tommy.

Ich wünschte nur, Rory hätte mich nicht völlig vergessen.

„Ich hab's fast geschafft, Wild, nur noch zwei Stiche", sagte Dad.

Ich atmete langsam. Meine Muskeln zitterten, weil ich Bluebells Horn schon so lange halten musste. „Du Dickkopf", brummte ich sie an. „Hast Glück, dass einer von uns dich mag." Sie stieß ein langes, tiefes ‚Muh' aus und rollte mit den Augen. Ich entspannte meine Hand, weil ich dachte, sie würde sich beruhigen.

Großer Fehler.

Bluebell stieß ihren Kopf mit einem Ruck zur Seite, und meine Finger glitten zur Spitze des Horns ab.

„Dad, ich kann sie nicht halten!"

Er war nicht mehr schnell genug, so viel war klar. Ich krallte mich mit meinen Fingernägeln fest, mein Oberkörper zitterte vor Anstrengung, während ich die Zähne zusammenbiss.

„Beeilung!", zischte ich.

Dad humpelte von Bluebell weg – zum Glück reichten zwei Schritte, um ihn aus ihrer Reichweite zu bringen. Kaum ließ ich sie los, da riss sie auch schon wütend ihren Kopf zur Seite. Ihre Hörner stießen um Haaresbreite an meiner Nasenspitze vorbei.

Japsend wich ich aus. Ich atmete tief durch, während ich mich erschöpft auf meinen Knien abstützte. Morgen früh würde ich Muskelkater haben.

Wer brauchte schon ein Fitnessstudio, wenn er regelmäßig mit Kühen ringen musste?

„Gute Arbeit, Wild. Die Naht ist soweit fertig. Halte Bluebell und ihr Kalb ein paar Tage lang von den anderen getrennt, bevor du sie wieder zum Rest der Herde lässt", murmelte Dad und humpelte bereits zum Haus.

Das letzte Mal hatte ich ihn nach drinnen tragen müssen. Das war mehr als demütigend für ihn gewesen. Welcher Vater wollte, dass seine Teenie-Tochter sich derart um ihn kümmern musste? Sicherlich kein so harter texanischer Hund, wie er es war.

„Verstanden." Ich richtete mich auf und streckte mich. Mein knackender Rücken ließ nichts Gutes vermuten. Ich kraulte Bluebell die Schnauze und kratzte sie hinter den Ohren. „Du bist ein Mistvieh, weißt du das? Der Mann hat nur versucht, dir zu helfen."

Sie muhte mich an und leckte an meiner Jeans, als wäre sie nicht mehr als ein übergroßer Hund, wobei sie ihre Hörner sorgfältig von mir fernhielt – jetzt, da sie nicht mehr mit Nadeln gequält wurde, war sie wieder ganz die Alte.

„Echtes Mistvieh", murmelte ich, während ich mich vergewisserte, dass mein Vater nicht mehr in dem kleinen Gehege war, bevor ich sie ganz freiließ. Sie würde auf ihn losgehen, selbst jetzt, da er sie nicht mehr belästigte. Er war hier quasi der Tierarzt, und sie ging nicht gern zum Arzt.

Ich sah zu, wie Dad durch das Haupttor schlüpfte und es hinter sich verriegelte. Er nannte seine Leiden einfach nur ‚die Krankheit', als ob die Sache damit klar wäre. Vielleicht hatte er irgendwann einmal offener darüber gesprochen. Zumindest mit meiner Mutter, als sie noch gelebt hatte. Aber für uns Kinder gab es nie eine Erklärung, und wenn wir fragten, wurden wir entweder bestraft, oder er zuckte nur mit den Schultern und verschwand. Wir hätten nie gedacht, dass er unsere Mutter überdauern würde. Aber das Leben hat eben diese Angewohnheit, einem wahllos in den Bauch zu treten. Meine Familie war öfter getreten worden als die meisten.

Ich kaute auf meiner Unterlippe herum, während ich meinen Blick über unsere weitläufige Ranch schweifen ließ. Dads Optimismus konnte nichts an der Tatsache ändern, dass unsere Rechnungen sich stapelten, während unsere Einnahmen langsam zurückgingen – so war das nun einmal mit Geld. Vielleicht sollte ich wirklich anfangen, Lotto zu spielen. Es konnte nicht schaden. Immerhin war es nicht so, als ob die paar Dollar pro Woche, die ich dafür ausgeben würde, uns sonst noch irgendwie retten könnten.

Ich seufzte und öffnete den Fangstand, sodass Bluebell endlich in das angrenzende Gehege konnte.

„Gern geschehen, mein kleines Mistvieh", murmelte ich und tätschelte ihr die Hüfte, als sie an mir vorbeistapfte.

Sie muhte leise ihr sechs Monate altes Kalb an, das sich in der Ecke des Geheges versteckt hatte, während wir ihre Mutter verarzteten. Das Kleine rannte zu ihr und rieb sich an ihrem Kopf, während sie es von oben bis unten abschleckte.

Ich machte mich daran, zwei der Halteplatten zu entriegeln, hob sie hoch und balancierte sie auf meiner Schulter, um mich dann vorsichtig auf den Weg zum Rand der Koppel zu machen, wo ich sie verstauen konnte.

Auf einmal erklang eine fremde Stimme. „Was für eine Vergeudung von Lebenszeit."

Erschrocken drehte ich mich um und sah einen kräftigen Mann mit Bürstenschnitt und Fliegerbrille am Zaun lehnen. Ich hatte kein Knirschen von Reifen auf dem Schotter gehört.

Ich warf einen Blick hinter ihn und schaute mich um. Tatsächlich – er hatte kein Auto. Oder zumindest keines in Sichtweite.

Ich runzelte die Stirn. Fremde waren in diesen Gefilden selten, aber Fremde, die zu Fuß unterwegs waren, noch seltener. Und wenn sie doch aufkreuzten, hatten sie meistens das eine oder andere heilige Buch dabei.

Dieser Typ sah allerdings nicht wie die üblichen religiösen Spinner aus. Um Zeit zu gewinnen, fing ich an, eine weitere Halteplatte zu lösen, und musterte ihn dabei. Er war etwas über einen Meter siebzig, jedenfalls ein paar Zentimeter kleiner als ich, mit einem hageren Körper, dem eine gewisse angespannte Energie anzumerken war. Er erinnerte mich an die Berglöwen, die gelegentlich auf die Farm schlichen. Selbst wenn sie stillhielten, konnte man ihnen ansehen, dass sie jederzeit angriffsbereit waren. Koteletten umrahmten sein kantiges Gesicht, ansonsten war er penibel rasiert. Seine Kleidung war dunkel und unauffällig, aber er trug er einen Aufnäher auf der rechten Schulter. Es war ein Symbol mit roten Linien, in unterschiedlichen Winkeln aufgestickt. Aus dieser Entfernung konnte ich die Details nicht erkennen, aber eine Erinnerung stieg aus der Dunkelheit herauf … Ein Aufnäher an einer der alten Jacken meiner Mutter.

Das Netz von Wyrd.

„Ey, Mädchen", sagte der Mann grob.

„Ich bin achtzehn, Mister", sagte ich, bevor ich die inzwischen abmontierten Platten fallen ließ. Das Metall klirrte, und ich drehte mich kurz zu ihm um. „Nennen Sie mich *Madam*. Oder *Lady*, wenn Sie an einer dicken Lippe interessiert sind."

Er starrte mich an, und die Intensität seines Blicks ließ mich beinahe zurückweichen. Ich schauderte. Mein Gefühl sagte mir, dass dieser Mann gefährlich war.

„Dann eben nicht", sagte er gelangweilt. „Wo ist der Junge? Er ist kein großer Fan davon, in der Schule zu pauken, hm?"

Ich machte zwei langsame Schritte, darauf bedacht, locker und entspannt zu wirken, und lehnte mich an den Zaun. Ich traute der Energie nicht, die er ausstrahlte, selbst aus der Entfernung. Er hatte die Aura eines Raubtiers, und wenn ich mich ängstlich zeigte, würde ich zur Beute werden. Ich wusste nicht viel über Menschen, aber ich wusste eine Menge über Tiere – und dieser Mann war auf keinen Fall jemand, dem man den Rücken kehren durfte, wenn man am Leben bleiben wollte.

„Hier wohnt ein Junge, der vorgeladen wurde", fuhr er fort. „Ich muss mit ihm sprechen."

Er meinte offenbar meinen kleinen Bruder Billy. Obwohl es mir widerstrebte, ihm etwas über Billy zu verraten – oder überhaupt zuzugeben, dass er hier wohnte – ahnte ich, dass ich den Mann besser nicht anlügen sollte.

„Er ist noch nicht von der Schule zurück." Ich schaute auf meine Uhr. „Er müsste um diese Zeit gerade in den Bus steigen. Mit der Busfahrerin, Ms. Everdeen, würde ich mich allerdings nicht anlegen. Sie darf während der Schulzeit nicht rauchen, und das macht sie so garstig, dass ihr Hörner wachsen könnten."

Die Lippen des Fremden verzogen sich zu einem Grinsen. Er schüttelte den Kopf. „Schade, dass du dich gegen die Akademie entschieden hast. Aus dir hätte was werden können."

Ich runzelte verwirrt die Stirn. Sprach er davon, dass ich nicht studieren gehen wollte? Nun, genau genommen war es keine Frage des Wollens. Wenn man völlig pleite war und eine Familie von einem abhing, erübrigten sich manche Entscheidungen.

„Sieh zu, dass der Junge den Umschlag bekommt", sagte der Fremde, wandte sich ab und schlenderte auf unsere Einfahrt zu. „Ich komme später vorbei, um die Einzelheiten zu besprechen."

„Was Sie wirklich bräuchten, wäre ein Termin beim Frisör, um diese Koteletten zu besprechen", murmelte ich und sah zu, wie er am Zaun entlang davonging.

Ich blinzelte und ließ meinen Blick über die Farm schweifen. Ein Anflug von Reue überkam mich, als ich ans College dachte. Jeder träumte doch irgendwann davon, was er werden könnte, und ich war keine Ausnahme gewesen. Ich hätte nie gedacht, dass mittelmäßige Noten und ein Hang zu Widerworten mich davon abhalten würden, meine Fußabdrücke auf dem Mond zu hinterlassen oder Tierärztin zu werden oder – das dachte ich in wirklich schlechten Momenten – Bestatterin. Und eigentlich hatte ich damit auch nicht völlig falsch gelegen. Die Noten waren wirklich nicht das gewesen, was mich zurückgehalten hatte. Sondern mein Pflichtbewusstsein.

Na ja, das und ein ernsthafter Mangel an finanziellen Mitteln.

Trotzdem hätte ich mich in der Schule wohl mehr anstrengen sollen. Hätte öfter den Mund halten sollen. Dann hätte ich vielleicht auch ein Stipendium bekommen, so wie Tommy. Andererseits hatte sein großer Durchbruch letztendlich auch zu nichts geführt. Seine Chance auf ein besseres Leben hatte sich in ein Todesurteil verwandelt.

Nein, ich war mit der Farm besser dran. Wenigstens kannte ich die Gefahren hier.

Im Kopf ging ich noch einmal durch, was der Fremde gesagt hatte. Etwas über einen Umschlag, den er mir aber gar nicht gegeben hatte. Das weckte Erinnerungen, die ich tief in mir vergraben hatte. Kalter Schweiß brach mir aus. Ich drehte mich zu dem Fremden um, um ihm eine Frage zu stellen. Aber ich sah … nichts.

Er war verschwunden.

„Das gibt's doch nicht", sagte ich leise und machte ein paar Schritte in Richtung Auffahrt. Das Land war flach und unbebaut – ich hätte ihn noch sehen müssen. Selbst wenn er losgerannt wäre, hätte er nicht so schnell verschwinden können, und ich hätte ihn außerdem auf dem Kies hören müssen. Und doch … es gab keine Spur von ihm.

Ein Zittern lief durch meinen Körper. Irgendetwas stimmte nicht mit diesem Mann. Er bedeutete Ärger. Das sagte mir mein Bauchgefühl.

KAPITEL 2

Als ich in die Küche unseres heruntergekommenen, von Termiten befallenen Farmhauses trat, blieb ich wie angewurzelt stehen. Ich starrte auf den Küchentisch. Normalerweise stapelten sich darauf schmutziges Geschirr, Zettel und geöffnete Flaschen. Nun war die Tischplatte frei von Müll und sauber gewischt.

Das hatte auf keinen Fall mein Vater getan. Nicht nach dem, was eben auf der Weide passiert war. Und die Zwillinge hatten bestimmt nicht heute Morgen vor der Schule beschlossen, zum ersten Mal in ihrem Leben die Küche zu putzen.

Ein großer, brauner Umschlag lag in der Mitte des Tisches. Als ich ihn sah, überkam mich eine der letzten Erinnerungen an meinen älteren Bruder …

„Ihr werdet nicht glauben, was ich hier habe!" Stolz legte Tommy den Umschlag auf den Küchentisch. „Sonderzustellung, meinte der Kerl. Ich hab's noch nicht geöffnet, aber Dad ..." Strahlend vollführte er ein Freudentänzchen. „All unsere Gebete wurden erhört. Das ist es, worauf wir gewartet haben!"

„Warum?" Ich beugte mich vor. „Was ist das denn?"

„Es ist ..." Er schüttelte den Kopf und griff nach dem Umschlag, offensichtlich zu überwältigt, um Worte zu finden.

„Komm, sag schon!" Ich gluckste. Auch in mir stieg jetzt Vorfreude auf.

„Es ist eine Einladung zur Auslese", sagte mein Vater leise. „Das ist dein Zugang zum College, wenn du bestehst." Eine seltsame Schwere lag in der Stimme meines Vaters, ängstlich und hoffnungsvoll zugleich.

„College?", fragte ich. „Aber ... ich dachte, dafür haben wir nicht genug Geld?"

„Das ist es ja, Wild." Mein Bruder strahlte übers ganze Gesicht. „Der Umschlag hat—"

„Nein." Mein Vater stand auf und nahm den Umschlag an sich. Er hielt ihn fest verschlossen. „Nein, Thomas. Du darfst mit niemandem außer mir über den Inhalt dieses Umschlags sprechen. Deine Mutter—"

Sein Kiefer verkrampfte sich auf diese sture Art und Weise, die ich noch aus der Zeit kannte, als meine Mutter lebte. Er hatte nicht oft Nein zu ihr gesagt, nur gelegentlich, wenn sie etwas hatte durchsetzen wollen, womit er absolut nicht einverstanden gewesen war. Dann war er so dickköpfig geworden wie unsere Langhornrinder.

„Wir werden darüber reden, Thomas, unter vier Augen", sagte er und wandte sich ab.

Tommy zuckte mit den Schultern. Aber seine Augen funkelten immer noch vor Aufregung, während er Dad aus dem Zimmer folgte.

Drei Jahre später starrte ich nun auf einen identischen Umschlag, und eine unbändige Neugier nagte an mir. Genau wie damals stand nichts auf dem Umschlag. Kein Empfänger, kein Absender. Aber ich wusste ja, für wen er bestimmt war. Dieser Umschlag war für Billy. Der Fremde hatte ihn zwar nicht beim Namen genannt, aber einen anderen Jungen gab es in diesem Haus nun mal nicht mehr.

Wer auch immer die beiden Umschläge geschickt hatte, er versuchte offensichtlich, die jungen Männer dieser Familie abzuwerben, einen nach dem anderen.

Aber ich würde nicht zulassen, dass Billy verschwand wie Tommy.

„Dad?", rief ich und ließ den Umschlag dabei nicht aus den Augen, so als wäre ich mit einer Hornisse in einem Plumpsklo eingesperrt.

„Ich bin hier, Wild", antwortete er aus dem Wohnzimmer direkt nebenan. „Ich mach nur eine kurze Pause."

„Hast du vorhin jemanden hier drin gehört?", fragte ich, und meine Hände zitterten.

„Meinst du die Zwillinge?" Er hielt inne. „Ist es nicht ein bisschen früh für die beiden?"

Ich schüttelte den Kopf. Wie konnte der Fremde so plötzlich gekommen und gegangen sein? Warum hatte er unsere Küche aufgeräumt, und wie hatte er das so leise bewerkstelligt, dass weder ich noch mein Vater etwas mitbekommen hatten?

„Dad, brauchst du was?" Ich sprach lauter als nötig.

„Nein, Wild, mir geht's gut. Ich gönn mir noch 'ne Minute, wenn du mich nicht brauchst."

Diese Minute würde sich erfahrungsgemäß über die nächsten paar Tage ziehen. Dad war mal wieder zu stolz, um die Dinge beim Namen zu nennen.

„Ist schon gut, Dad."

Ich schnappte mir den Umschlag und griff nach dem Taschenmesser, das an meinem Gürtel hing. Ich wusste nicht viel über dieses College. Tommy hatte damals die Auslese überstanden, was auch immer das sein mochte, und war in die Akademie aufgenommen worden. Mein Vater hatte mit einer Mischung aus Freude und Schuldbewusstsein auf die Nachricht reagiert.

Tommy war in seinem ersten Schuljahr sehr erfolgreich gewesen und hatte es bis an die Spitze seiner Klasse geschafft, wie immer. Er hatte alles, was unserem Vater fehlte – jedenfalls hatte Dad das eines Abends nach ein paar feierlichen Gläschen Scotch behauptet. Alles lief großartig … bis unser Leben ohne Vorwarnung auf den Kopf gestellt wurde.

Auf unserer Fußmatte war die Nachricht hinterlassen worden, dass Tommy bei einem tragischen Unfall gestorben war. Die Details seien geheim. Niemand hatte sich die Mühe gemacht, uns auch nur im Ansatz zu erklären, was passiert war. Als mein Vater versucht hatte, Druck zu machen, war er auf eine Mauer des Schweigens gestoßen. Sie hatten nicht einmal Tommys Leiche nach Hause geschickt. Na gut, immerhin einen Sarg, aber der war leer gewesen. Aus irgendeinem Grund hatte es mein

Vater nicht gewagt, deswegen einen Aufstand zu machen. Als ich ihn darauf angesprochen hatte, hatte er abgewinkt, so wie er es auch tat, wenn man sich nach seiner ‚Krankheit' erkundigte. Über das Thema wurde nicht diskutiert. Basta.

Niemand aus der Akademie war zur Beerdigung gekommen. Wir hatten auch keine Beileidsbekundungen erhalten. Nicht einmal Rory – fast ein Bruder, so nahe hatten wir uns alle gestanden – hatte den Weg nach Hause auf sich genommen. Ach was, vielleicht hatte er nicht einmal etwas davon mitbekommen. Die einzige Adresse, die ich von meinem besten Freund hatte, stammte von einer Postkarte, die Rory einmal geschickt hatte. Wir waren also allein mit unserer Trauer – völlig ahnungslos, was geschehen war, und machtlos, irgendetwas daran zu ändern.

Nach der Beerdigung hatte mein Vater diese Akademie nie wieder erwähnt. Er hoffte weiter auf ein besseres Leben und tat so, als würde jeden Moment jemand angeritten kommen und uns retten. Als ob aus all seinen Träumen noch etwas werden könnte.

Und jetzt ging es wieder von vorne los. Dieser verfluchte Umschlag.

Eine Morddrohung, diesmal an Billy.

Der abgewetzte Griff meines Taschenmessers, gefertigt aus einem Langhorn, lag mir gut in der Hand. Meine Eltern hatten es vor langer Zeit für mich angefertigt, als ich angefangen hatte, auf der Farm zu helfen. Damals, als unsere Familie noch heil und glücklich gewesen war.

Damals, als es noch keine unvorhersehbaren Unfälle wie den gegeben hatte, bei dem meine Mutter ums Leben gekommen war – und keine mysteriösen Colleges, die sich in Schweigen hüllten, wenn einer ihrer Schüler starb. Damals, als das Leben noch gut gewesen war.

Ich schob die schimmernde Klinge in die Lasche des Umschlags. Sie durchtrennte das Papier mit einem reißenden Geräusch.

Ich atmete tief durch und hielt das Messer fest in der Hand, nur für den Fall, dass etwas Ekliges herausfiel. Dann packte ich eine der Ecken und kippte den Inhalt des Umschlags auf den abgenutzten Tisch. Figuren aus Metall fielen klirrend auf das Holz, gefolgt von einem kleineren silbernen Umschlag und einer glänzenden neuen Smartwatch. Schließlich kam ein Bündel Bargeld zum Vorschein, zusammengehalten von einem dicken Gummiband. Der oberste Schein ließ meine Augen groß werden. Ein flüchtiger Blick auf den Stapel, und ich konnte kaum noch atmen.

Hundert-Dollar-Scheine. Jeder Einzelne.

Kein Wunder, dass Tommy sich vor Aufregung fast eingepinkelt hatte, als er seinen Umschlag erhalten hatte.

Meine Lippen kräuselten sich vor Abscheu.

Sie hatten also vor, meinen jüngeren Bruder auf dieselbe Weise zu kaufen wie Tommy. Um Billy in den Tod zu locken, genau wie Tommy.

Nur über meine Leiche.

Unvermittelt schossen mir Erinnerungen durch den Kopf. Der Einkauf bei Walmart, der unsere Vorratskammern und Schränke mit Grundnahrungsmitteln für das ganze Jahr gefüllt hatte. Die neuen Kleider, von denen mein Bruder behauptet hatte, Rory hätte ihm geholfen, sie aus einem großen Laden in Dallas zu klauen. Ich erinnerte mich daran, wie Dad etwas von einem geschenkten Gaul und einem Vollstipendium gemurmelt hatte, von Schuldgefühlen erschlagen und gleichzeitig strahlend vor Stolz.

Ich hatte die widersprüchlichen Gefühle, die wie Wellen von unserem Vater ausgegangen waren, nicht wirklich verstanden. Mit fünfzehn war ich noch nicht ganz auf dem Boden der Tatsachen angekommen. Die Zwillinge waren damals alt genug gewesen, um den ‚Glücksfall' in vollen Zügen zu genießen, aber noch zu jung, um ihn zu verstehen.

Schließlich kam eine letzte Erinnerung hoch, während ich auf das Bündel Scheine starrte – mehr Geld, als ich in meinem ganzen Leben gesehen hatte.

Tommy, Rory und ich hatten an einem schwülen Spätsommertag, ungefähr so einem wie heute, unter der Trauerweide am anderen Ende unseres Grundstücks gesessen. Tommy hatte am nächsten Morgen den Weg zur Akademie antreten sollen, es war unser letzter Abend zusammen gewesen. Rory hatte sich vorgebeugt, Tommy ganz genau angeschaut und gesagt: „Vertrau nie jemandem, der dir Geld hinterherwirft, Tank. Solche Leute haben mehr Geld als Verstand, und mehr Verstand als Moral. Du musst blitzschnell denken, aber schließ Freundschaften nur langsam, oder gar nicht."

Das war ein guter Rat gewesen. Ein Rat, den Rory wahrscheinlich selber befolgte, wo immer er auch war.

Eine vertraute Melancholie stieg in mir auf. Ein Jahr nach Tommys Abreise war Rory in Richtung Westen gefahren, ohne sich richtig zu verabschieden. Er hatte einen Zettel an mein Fenster geklebt – eine alte Angewohnheit –, nur stand da nicht wie sonst ‚Wir treffen uns im Apfelgarten' oder ‚Ich habe einen Haufen Feuerwerkskörper gefunden'. Dieser letzte Zettel hatte mich gebrochen.

‚Ab an die Westküste. Auf der Jagd nach Träumen. Pass auf dich auf, Wild.' Das war alles gewesen, was er mir zu sagen hatte, wie immer unterschrieben mit einem ‚R'. Außer einer gelegentlichen Postkarte hatte ich seitdem nichts mehr von ihm gehört. Offensichtlich hatte er dieses Nirgendwo und sein hartes Leben hier endgültig hinter sich gelassen. Ich stieß einen Seufzer aus. Wenigstens war er am Leben. Jedenfalls ging ich davon aus.

Ich ließ mich auf einen Stuhl sinken, den Inhalt des Umschlags vor mir ausgebreitet, und stützte die Ellbogen schwerfällig auf dem Tisch auf. Ich konnte es nicht lassen, meine Hand zum Vergleich neben den Geldstapel zu halten. Er musste gute zehn Zentimeter dick sein. Wie viele Scheine das wohl waren?

Ich dachte zurück an Tommys erstes Jahr an der Akademie. An den Geldsegen, der uns ein Jahr lang Vorräte, Kleidung und alle möglichen Annehmlichkeiten beschert hatte. In den wenigen Jahren, in denen ich ohne große Hilfe die Farm bewirtschaftet hatte, hatte ich nicht gerade viel Geld gesehen, also konnte ich nur schätzen, wie viel in diesem Stapel steckte. Alles in allem mussten es fast vierzigtausend sein. Vielleicht auch mehr, aber um sicherzugehen, würde ich es zählen müssen, und dafür hatte ich keine Zeit, bevor die Zwillinge nach Hause kamen.

Als ob meine Gedanken es provoziert hätten, schlug die Uhr über der Küchentür dreimal, und ich sprang auf. Ich atmete langsam aus und versuchte, meine Nerven zu beruhigen. Schon dreimal? Ich war komplett hinter meinem Zeitplan.

Ich versuchte, meine zitternden Hände zu ignorieren, und griff nach der Smartwatch. Als ich sie berührte, stieg ein kalter Hauch meinen Arm hinauf bis zur Schulter, und ich schob sie zurück in den Umschlag – gefolgt von dem Geld, das beinahe an meiner Hand kleben blieb. Ich eilte mit dem ganzen Paket auf mein Zimmer im dritten Stock, dem einzigen Raum dort oben. Ich musste mit meinem Vater reden, allein. Da die Zwillinge jede Minute nach Hause kommen würden, musste das jedoch bis heute Abend warten.

Eine lose Diele unter meinem Bett war mein Lieblingsversteck. Leider kannten die Zwillinge es und schnüffelten regelmäßig herum, um zu sehen, ob ich ein bisschen gute Schokolade beiseite gelegt hatte. Ich sah mich aufmerksam um. Mein Zimmer war nicht groß, und ich hatte nicht viele Verstecke zur Auswahl.

Der Schrank, dachte ich und schob das Paket in einen alten Rucksack. Das würde fürs Erste reichen müssen.

Zehn Sekunden später kündigte das Donnern von Füßen auf den Dielen im Erdgeschoss die Ankunft der Zwillinge an.

„Langsam, ihr brecht noch alle Bretter durch!", brüllte ich aus meinem Zimmer.

„Hey!" Sam steckte ihren Kopf durch die Tür. Ihre wilden roten Locken standen in alle Richtungen ab, als hätten sie ein Eigenleben. „Was gibt's zum Abendessen?"

Ich schüttelte den Kopf, wobei sich ein paar dunkle Strähnen aus meinem Pferdeschwanz lösten, und ich eilte an ihr vorbei durch die Tür. „Ich weiß es nicht. Es war ein anstrengender Tag."

Billy kam mir auf der Treppe entgegen. Er riss dramatisch die Hände in die Luft. Der Schock stand ihm ins Gesicht geschrieben. „Was meinst du damit, *du weißt es nicht?*"

„Ich überlasse das heute meinen ausgezeichnetsten Lehrlingen." Ich stützte mich mit der Hand an der Wand ab, um ihn vorbeizulassen, und sprang über die letzte Stufe, die selbst an guten Tagen verdächtig knarrte. Sie musste ausgetauscht werden – ich war noch nicht dazu gekommen.

„Du bringst Leuten das Kochen bei?" Billy rannte hinter mir her und blieb in der Küchentür stehen. „Aber du bist doch gar nicht gut darin. Gibt es mehr zu beachten, als nichts anbrennen zu lassen?"

„Mancher Schüler übertrifft den Meister. Tretet vor, ihr Unwissenden, und lernt etwas!"

Billys Augen weiteten sich, als ihm die Bedeutung meiner Worte dämmerte. „Ich habe Hausaufgaben", rief er und ging rückwärts die Treppe hinauf. „Sehr viele Hausaufgaben. In der Sommerschule geht es wirklich nur um die Hausaufgaben."

„Ich auch", sagte Sam, einen Zusammenstoß mit Billy gerade noch vermeidend. „Und den Haushalt."

„Und den Haushalt!", wiederholte Billy laut.

Ich musste grinsen, während ich eine Pfanne aus dem Schrank holte.

„Seid ihr sicher, dass ihr mir nicht helfen wollt? Ihr könntet das ganze Menü planen." Ich drehte mich weg, damit sie mein Gesicht nicht sahen. Ich war mir sicher, dass ich immer noch geschockt aussah, und ich wollte nicht, dass sie fragten, was los war. Nach all den Schicksalsschlägen der letzten Zeit erwarteten sie regelrecht die nächste Katastrophe. Ich konnte es ihnen kaum verübeln. Mit knappen sechzehn Jahren hatten sie schon mehr Schmerz und Verlust erlebt als die meisten Menschen mittleren Alters. „Denkt mal drüber nach. Ihr könntet die ganze Woche im Voraus planen, dann wüsstet ihr immer, was es zum Abendessen gibt. Wäre das keine Erleichterung, hm?"

Billy kratzte sich am Kopf. Sein widerspenstiges Haar war mindestens genauso schwarz, wie das von Sam rot war. Sie waren zwar Zwillinge, hätten gegensätzlicher aber nicht sein können. „Ich glaube, ich hätte lieber jeden Abend eine Überraschung."

„Eine Überraschung wäre mir auch viel lieber", pflichtete ihm Sam bei. Sie rotteten sich also mal wieder zusammen. „Wild, hör zu. Erinnerst du dich an diesen Jungen …"

„Nicht das schon wieder", stöhnte Billy.

Ich lachte angestrengt. An jedem anderen Tag hätte ich mich nicht dazu zwingen müssen.

Sam runzelte die Stirn, dann schoss blitzschnell ihre Hand vor, um ihm auf den Hinterkopf zu hauen. „Wenigstens kann ich mit meinem Schwarm von Angesicht zu Angesicht reden. Alles, was du von Miss Gothic-Girl Wie-heißt-sie-noch-gleich gesehen hast, sind ein paar Bilder und Worte auf einem Bildschirm! Wie läuft's denn eigentlich mit deiner Chat-Gruppe, Opi?"

Billys Gesicht lief rot an. „Du bist nur neidisch, weil ich mehr Facebook-Freunde habe als du."

„Facebook ist was für Rentner."

„Ich wünschte, ich hätte ein Handy und nicht diesen hässlichen alten Bibliothekscomputer. Ich will endlich TikTok haben", murmelte Billy.

Ich presste meine Lippen aufeinander und wünschte mir, ich könnte ihnen schicke neue Geräte kaufen – oder wenigstens ein altes gebrauchtes. Wir besaßen weder Handys noch Computer. Auch dafür war einfach kein Geld da. Alles, was sich online abspielte, musste in der

Bibliothek oder in der Highschool erledigt werden, inklusive Social Media. Ich selber hatte auch kein Facebook oder Instagram – nicht, dass das eine Rolle spielte. Schließlich hatte ich ja auch keine Freunde mehr, mit denen ich mich hätte treffen können.

„Also, Wild", sagte Sam. „Ich bin mir diesmal sicher. Ich werde diesen Jungen eines Tages heiraten. Er wird dein Schwager werden." Sie hob ihre Nase und blickte abschätzig auf Billy herab. Wenn das mal keine Drohung war.

„Heirate ihn morgen, damit ich dein Zimmer auch noch haben kann." Billy grinste, während er einen Apfel aus der Obstschale stibitzte. Jungs in seinem Alter aßen entsetzlich viel.

„Wahrscheinlich würde ich darauf bestehen, dass er hier einzieht – dann hättest du überhaupt kein Zimmer mehr", sagte ich, um ihn zu ärgern.

Sams Gesicht verdüsterte sich, bis ich mir nicht mehr sicher war, ob ihre Augen überhaupt noch offen waren. Die beiden hielten einen Moment inne wie zwei Katzen, die sich gegenseitig beäugten, und rannten dann aus dem Haus, Billy voran, Sam dicht hinter ihm. Sie schrie ihn an, er solle sich nicht wie ein Idiot aufführen.

„Keine Beleidigungen!", rief ich ihnen hinterher ohne die Erwartung, dass das fruchten würde. Aber Mom hatte versucht, uns zu wohlerzogenen, leise sprechenden, niemals fluchenden Kindern zu erziehen, und sie hätte gewollt, dass ich in ihre Fußstapfen trat.

Das gelang mir nicht gerade gut, aber dasselbe musste wohl über Mom gesagt werden, wenn ich das Endergebnis ihrer Bemühungen war.

Ich lehnte mich gegen den Herd, immer noch überwältigt von dem Umschlag. Eine Sache nach der anderen. Das Abendessen. Ich musste das Essen fertig machen. Unsere Vorräte waren nicht gerade üppig, aber wir hatten Vieh und ein paar grüne Daumen. Eine der älteren Kühe, Annabelle, hatten wir vor einem Monat in die Gefriertruhe gesteckt, was bedeutete, dass wir besser aßen als die meisten, die so weit unterhalb der Armutsgrenze leben mussten.

Ich kochte geistesabwesend, während mein Kopf mit der Frage beschäftigt war, was ich tun sollte.

„Dad?", rief ich, während ich die Steaks in der verbogenen Bratpfanne wendete. Da die Zwillinge aus dem Haus waren, wäre jetzt eine gute Gelegenheit, unter vier Augen mit ihm zu sprechen.

„Ja, Wild?", rief er mit belegter Stimme zurück. Ich wusste ganz genau, dass er gerade ein Nickerchen machte. Aber das hier konnte nicht warten.

Ich nahm die Steaks vom Herd und wusch mir schnell die Hände, bevor ich mir ein Geschirrtuch schnappte. Ich wickelte das Handtuch um meine Hände und ging ins Wohnzimmer im vorderen Teil des Hauses.

Dad saß in seinem Sessel, die Beine auf einen Schemel hochgelegt und den Kopf von einem Kissen gestützt. „Ich wollte gerade aufstehen", murmelte er, die Augen auf halbmast, aber er rührte sich nicht. Diese Lüge erzählte er so oft, dass wir alle so taten, als wäre sie keine.

Ich schluckte und nickte. Mist, das war schwieriger, als ich es mir vorgestellt hatte.

„Willst du mich damit erwürgen?" Er hob einen Finger und zeigte auf das Geschirrtuch, das ich zwischen meinen Händen gespannt hielt.

„Ich warte, bis du dich umdrehst. Dann ist es einfacher." Ich grinste, um den Scherz zu unterstreichen, wusste aber, dass das Lächeln nicht bei meinen Augen ankam. Ich holte tief Luft und sprang ins kalte Wasser. „Weißt du, ich habe über Tommy nachgedacht. Ich habe über das Stipendium nachgedacht …"

„Nein, darüber reden wir nicht", sagte er.

„Das müssen wir aber", sagte ich leise. Er war nicht der Einzige, dem der Verlust von Tommy wehtat. Aber ich musste das Thema aufrollen. „Ich weiß, dass du nicht darüber reden willst, Dad. Aber ich bin kein Kind mehr. Ich habe ein Recht, es zu erfahren." Ich verspürte den Drang, seine Hand zu nehmen, und widerstand. Ich musste hart bleiben.

„Warum jetzt?" Er runzelte die Stirn. „Warum fängst du ausgerechnet jetzt davon an?"

„Erzähl mir einfach, wie das mit Tommys Stipendium damals funktioniert hat."

Sein Gesicht wurde blass, aber er schüttelte seine Gefühle ab. „Ich darf nicht darüber reden, Wild. Und nicht nur, weil ich es nicht noch einmal durchleben will." Er fuhr sich mit einer Hand über das Gesicht, und eine gute Minute verging, bevor er fortfuhr: „Na gut, ich kann dir ein bisschen was erzählen." Dad schluckte angestrengt. „Ich hätte ihn nie gehen lassen dürfen … " Der Kummer in seiner Stimme durchbohrte mich wie ein Dolch. Er schloss die Augen. „Deine Mutter hatte die ganze Zeit recht, Gott hab sie selig. Ich war geblendet von Stolz und Hoffnung. Das war die schlimmste Entscheidung, die ich je getroffen habe. Mir vorzumachen, dass er in Sicherheit sein würde. Dass er derjenige sein würde, der das System durchbricht."

Mein Herz schlug schneller. Mein Vater hatte geahnt, dass Tommy in Gefahr sein würde?

„Hat … hat er Geld dafür bekommen, dieser Akademie beizutreten?", fragte ich, um sicherzugehen. „Und eine Uhr und ein paar … Figürchen?"

„Kein Geld der Welt kann sein Leben aufwiegen. Geld war es nicht wert, ihn zu verlieren. Aber es ging eben nicht nur um Geld. Es war vor allem Eitelkeit, Wild. Meinem Jungen wurde etwas geboten, wovon ich immer nur geträumt hatte … Ich wollte, dass er die Geschichte unserer Familie umschreibt." Seine dunklen Augen flehten mich im schummrigen Licht des Raumes an. „Ich wollte, dass er mehr ist als dieser alte, gebrochene Mann. Mehr als dieser verkrüppelte Knochensack. Ich fragte mich, ob er wie seine Mutter sein würde. Ob er diese Art von Macht beherrschen könnte. Sie war so verdammt majestätisch. Ich hege immer noch Groll darüber, dass sie das alles aufgeben musste, nur wegen irgendeinem Gerücht über einen Fluch. Wegen dem dummen Blöken eines –"

Seine Lippen wurden schmaler, und er schüttelte wieder den Kopf. „Aber sie hatte die ganze Zeit recht. Wenn ich nur auf sie gehört hätte. Wenn ich mich nur an das gehalten hätte, was ich ihr versprochen hatte, wäre Thomas in Sicherheit. Wir hätten ihn immer noch hier, bei uns."

Ich starrte ihn mit offenem Mund an. Ich verstand seine Worte nicht, aber ich spürte, wie bedeutungsschwer sie waren. Als würde ich auf einem Eisberg stehen und mich fragen, wie viel Masse unter seiner Oberfläche lag. Obwohl Dad jetzt schon mehr über die Situation mit Tommy gesagt hatte als je zuvor, begriff ich fast nichts.

„Was wäre, wenn noch so ein Umschlag käme?", fragte ich schüchtern, weil ich mir denken konnte, was er sagen würde. Jedenfalls konnte ich mir seine Reaktion genau vorstellen.

Aber mein Vater überraschte mich.

„Ich habe das schon erwartet", sagte er ruhig. „Deine Mutter hat die Gabe in dir vom ersten Tag an gespürt, Wild. Von deinem ersten Schrei an. Deine Kräfte haben sich immer weiter entfaltet. Sie hatten keine Höhen und Tiefen wie bei den anderen. Es war das oberste Ziel deiner Mutter, dich zu verstecken. Sie hat wirklich alles dafür getan. Ihre Freundin hat ihr Blut benutzt, um diesen Ort in Schatten zu hüllen. Aber die Blutmagie hat nachgelassen, nachdem deine Mutter ihren Unfall hatte. Sobald sie Tommy geholt hatten, wusste ich, dass du die Nächste sein würdest. Es war nur eine Frage der Zeit."

Blutmagie. In Schatten hüllen. Kräfte. Seine Worte jagten mir Schauder über den Rücken, Angst und ... Aufregung.

„In mir schlummern *Kräfte*?", fragte ich verblüfft. Mom hatte uns zwar Gutenachtgeschichten über Magie erzählt, aber das waren eben Geschichten gewesen. Hatte Dads Krankheit sein Gehirn vernebelt?

Er ignorierte meine Frage. „Ist er gekommen?"

Ich bemühte mich, gedanklich Schritt zu halten. „Wer, der Koteletten-Typ?"

„Ist jemand mit einem Umschlag gekommen?"

„Ja, aber –"

Dad schüttelte langsam den Kopf. „Nein, Wild. Kein Aber. Wir werden nicht mit ihm sprechen. Du weißt ganz genau, was mit Tommy passiert ist. Es ist zu gefährlich. Sie hatten es auf Tommy abgesehen, und sie wollen dich als ihre nächste Beute, vielleicht sogar noch mehr als deinen Bruder. Deine Mutter hat diesem Ort den Rücken gekehrt, um sicher zu sein. Du wirst dich aus demselben Grund fernhalten."

Ich versuchte zu fassen, was er da sagte. Welchen Ort hatte Mom verlassen? Diese Akademie, an die Tommy gegangen war? Warum war es dort so gefährlich?

„Aber ..."

„Nein, Wild, und damit basta." Er drehte die Lautstärke des Fernsehers auf – seine Art, das Gespräch zu beenden. „Gib das Geld zurück. Gib alles zurück. Sie werden kein weiteres meiner Kinder bekommen. *Das werden sie nicht!*"

Er richtete seinen Blick auf den Fernseher, und ich starrte ihn noch einen Moment lang an, bevor ich mich umdrehte und benebelt zurück in die Küche stapfte. In meinem Kopf wirbelten die Gedanken durcheinander. Was meinte mein Vater mit ‚deine Kraft hat sich immer weiter entfaltet'? Meinte er körperliche Fitness? Ich war sicherlich viel stärker als ein durchschnittliches Mädchen, aber ich hatte das immer auf die harte Arbeit mit großen Tieren zurückgeführt. Ein Mädchen brauchte ein gewisses Maß an Kraft, um auf der Farm zu arbeiten und mit den Männern mitzuhalten.

Aber was hatte das alles mit einem College-Stipendium zu tun, das einen Haufen Geld, schicke Uhren und geheimnisvolle Kleinode beinhaltete? Tommy und ich sollten ‚Beute' sein? Wessen Beute?

Nichts davon ergab Sinn, angefangen mit dem Koteletten-Typen, der sich irgendwie auf das Grundstück geschlichen hatte. Ganz zu schweigen davon, dass der Umschlag nicht mal für mich bestimmt war. Was auch immer mein Vater durchschaut zu haben glaubte, er lag daneben. Natürlich abgesehen davon, dass er Tommy tatsächlich nicht hätte gehen lassen sollen.

Plötzlich ergab die Schuld, die ich all die Jahre in Dad gespürt hatte, viel mehr Sinn. Meine Mutter hatte anscheinend gewusst, dass Tommy auf diese Akademie eingeladen werden würde, und sie hatte meinem Vater das Versprechen abverlangt, sich nicht darauf einzulassen.

Aber mein Vater hatte nicht widerstehen können.

Ein Gedanke hörte nicht auf, an mir zu nagen. Warum hatte ich keinen Umschlag bekommen, wenn mein Vater so sicher war, dass sie *mich* wollen würden? Sie schienen aber Billy zu wollen. Wer auch immer sie waren.

„Schade, dass du dich gegen die Akademie entschieden hast."

Mr. Koteletten hatte das gesagt, als ob ich eine Wahl gehabt hätte. Als ob ich die Einladung bereits abgelehnt hätte. Aber ... mein Vater hätte es mir gesagt, wenn schon eine gekommen wäre. Oder?

Ich schob den Gedanken beiseite. Die Vergangenheit spielte jetzt keine Rolle. Was zählte, war der Umschlag, der für Billy angekommen war.

Mir fiel auf, dass auch Sam keinen bekommen hatte. Was auch immer mein Vater glaubte, mein Eindruck von vorhin schien sich zu bestätigen: Diese Akademie hatte es auf die Männer meiner Familie abgesehen.

Sie versuchten, sie auszumerzen.

Ich musste herausfinden, warum.

KAPITEL 3

Nach dem Abendessen und dem Abwasch schlich ich mich in mein Zimmer und schloss die Tür. Der braune Umschlag lag immer noch genau dort, wo ich ihn versteckt hatte. Ich kippte den Inhalt ohne Umschweife auf dem Bett aus. Zuerst kamen die fünf Kleinode zum Vorschein. Sie erinnerten mich an irgendetwas, aber ich kam nicht drauf, was. Jedes von ihnen war winzig, kaum größer als ein Groschen: ein Messer, ein Grabstein, ein Pfotenabdruck, ein winziger Stock und eine Münze ohne Prägung. Ich ließ die kleinen Objekte durch meine Finger gleiten, dann legte ich sie zurück auf das Bett. Keinerlei Anhaltspunkte.

Ich öffnete den Brief im silbern glänzenden Umschlag. Wenn ich irgendwo Antworten erwarten konnte, dann hier.

Ich zog ein dickes Stück handgeschöpftes Papier mit ausgefransten Kanten heraus. Sanfte Vibrationen strömten durch meine Finger, als ich die Karte berührte. Völlig verwirrt sah ich zu, wie sich auf einmal Buchstaben in das cremefarbene Papier prägten. Sie tanzten und wirbelten umher, während sie sich langsam zu Worten formten.

„Was zum Teufel?"

Ungläubig zeichnete ich die Buchstaben mit meinen Fingern nach. Blinzelnd stellte ich fest, dass die Worte unbeweglich waren. Das Geschwafel meines Vaters über Magie hatte wohl meine Fantasie angeregt.

Meine Augen überflogen die Nachricht. Schweiß bildete sich auf meiner Stirn. Ein Tropfen landete auf dem Papier, neben Worten, die sich für immer in mein Gedächtnis einbrannten:

Billy Johnson,
Du wirst zur Großen Auslese geladen.
Du wählst nicht die Akademie.
Die Akademie wählt dich.
Melde dich binnen 48 Stunden bei folgender
Adresse, oder deine Familie wird ausgelöscht.
Die Uhr tickt.

Ich starrte lange auf diese Worte. Dann schüttelte ich das Papier in der Hoffnung, dass sich die Buchstaben zu einer günstigeren Nachricht umformen würden. Natürlich geschah nichts. Meine Augen hatten mir vorhin einen Streich gespielt.

Ich drehte das Papier um und suchte auf der Rückseite nach einer Kundendienstnummer oder einem Aprilscherz-Hinweis. Es war zwar schon Ende Juli, aber vielleicht war jemand mit seinem Schabernack spät dran. Nichts als Leere starrte vom Papier her zurück, ein einziges weißes Nichts.

Ich schielte nach der Adresse, die unter der Nachricht stand. Irgendwo im Norden von New York.

Crystal Lake Wild Forest, Roscoe, New York.

Die Tinte schimmerte hübsch, als wäre diese Drohung das Kunstprojekt eines kleinen Mädchens.

Was für eine lächerliche Nachricht. Welches College schickte zur Begrüßung Todesdrohungen? Auf welchem Planeten sollte so etwas normal sein?

Ganz zu schweigen davon, dass dasselbe College den Tod seiner Studenten vertuschte.

Ich knirschte mit den Zähnen, als ich die Bedeutung der Botschaft verstand: *Du wirst so oder so auftauchen, aber wenn wir dich dazu zwingen müssen, stirbt deine Familie.*

Mein Blick fiel auf die schicke Uhr. Sie hatten also eigens einen Timer mitgeschickt. Wie rücksichtsvoll.

Hätte man Tommy damals eine Uhr gegeben, hätte ich sie gesehen. Er wäre zu stolz gewesen, um sie nicht zu tragen. Und auch eine solche Nachricht konnte nicht dabei gewesen sein – er hätte sich niemals derartig über eine Einladung zu einer Universität freuen können, die seine Familie bedrohte. Oder?

Nach den seltsamen Andeutungen meines Vaters vorhin war ich mir allerdings bei gar nichts mehr sicher. Zeit, Dad Feuer unterm Hintern zu machen und den Rest der Geschichte zu erfahren.

Ich eilte die Treppe hinunter. Im Wohnzimmer rüttelte ich meinen Vater sanft wach. Er hatte wieder einmal nicht geschafft, ins Bett zu gehen.

„Dad."

„Hmm?" Seine Lider flatterten, und es dauerte einen Moment, bis er sich auf die Karte konzentrieren konnte, die ich ihm vors Gesicht hielt.

„Worum geht's?"

„Dad, war in dem Umschlag, den Tommy von dieser Akademie bekommen hat, eine Einladung dabei?", fragte ich.

„War ... was?" Mein Vater rieb sich die Augen und hatte Mühe, sich aufzusetzen.

Ich wedelte mit der Karte. „Hat Tommy so etwas bekommen?", wiederholte ich.

Seine Augenbrauen zogen sich zusammen, und der Schlaf wich schlagartig aus seinen Augen, als er die Worte erblickte. „Was ...? Nein. Thomas hat so etwas nicht bekommen. Er hat nur eine Benachrichtigung über diese Auslese bekommen, aber ohne Drohung. Wird das heutzutage so gemacht? Die älteren Familien dürften da ziemlich viel Widerstand leisten. Die Helix-Familie würde so etwas nicht dulden. Moment mal ... ist das ...?" Er nahm die Karte und hielt sie auf Abstand, damit er sie besser sehen konnte. „Da steht Billys Name. Das kann nicht sein." Seine Hand zitterte, als er mich über den Rand der Karte hinweg anstarrte. Angst stand ihm ins Gesicht geschrieben.

„Ja." Ich nahm die inzwischen verknickte Karte wieder an mich. „Der Umschlag ist nicht für mich gekommen. Sondern für Billy."

„Aber ..." Mein Vater mühte sich damit ab, seine Füße vom Schemel herunter zu wuchten, damit er sich aufrechter hinsetzen konnte. „Billy ist noch in der Highschool. Er ist noch nicht bereit fürs College."

Ich unterdrückte den Drang, das Papier in meiner Hand zu zerknüllen. „Ich weiß. Und er wird auch nicht hingehen. Was ist das für ein Ort, Dad? Wie kann so etwas überhaupt legal sein? Du bist mir ein paar Antworten schuldig. Wir müssen herausfinden, was wir tun können."

Er seufzte und rieb sich mit einem verknöcherten Finger die Schläfe. „Mein Gott, das kann doch nicht wahr sein. Nicht schon wieder." Er hielt mir ein leeres Glas hin. „Bring mir noch ein bisschen Elixier, Wild", bat er leise.

Da er dieser Tage kein Geld für Scotch ausgeben konnte, musste er sich mit schwarzgebranntem Schnaps begnügen, den er ‚Elixier' nannte. Wir hatten ein paar Flaschen davon – ein Geschenk von einem Nachbarn, weil ich einen einsamen Wolf erlegt hatte, der unsere beiden

Viehbestände terrorisiert hatte. Dad trank selten, er hob sich das für Weihnachten und besondere Anlässe auf – oder wenn das Leben und sein Schmerz zu schwer zu ertragen waren.

„Klar, Dad", sagte ich, biss die Zähne zusammen und rang meine Verzweiflung nieder. Ich hatte mich in den letzten Jahren um alles hier gekümmert. Bis jetzt hatte ich uns über Wasser halten können. Was auch immer zu tun war, wir würden einen Weg finden, mit dieser Situation fertig zu werden. Billy würde nicht so enden wie Tommy.

Als ich in die Küche trat, leuchtete plötzlich ein gelber Blitz auf. Ich erstarrte beim Anblick eines zweiten braunen Briefumschlags auf dem Küchentisch.

„Heilige Sch–" Meine Stimme versagte.

Er war wieder hier gewesen. Der Kerl mit den scheußlichen Koteletten. Er, oder jemand wie er. Wir waren alle zu Hause, und keiner von uns hatte bemerkt, dass er hereingeschlichen war. Er war wie ein Geist.

„Billy! Sam!", schrie ich. Die Chancen standen schlecht, aber ich hatte die leise Hoffnung, dass ich mich irrte. Dass dieser Umschlag aus ihrer Sommerschule stammte.

Bevor sie antworten, geschweige denn aus ihrem Zimmer kommen konnten, rannte ich zur Hintertür und riss sie auf. Ich rechnete kaum mehr damit, ihn noch zu sehen, aber ich konnte es auch nicht unversucht lassen.

Das Licht der untergegangenen Sonne überzog noch die weiten Felder und ließ sich auf der Scheune zu meiner Linken nieder. Ein beschwerliches ‚Muh' driftete durch die Luft, und Grillenzirpen wogte aus dem Gras. Normalerweise liebte ich diese Stimmung, aber jetzt war die träge Gelassenheit des Abends plötzlich durchtränkt von Gefahr.

Ich knipste das Verandalicht an und joggte zum Rand des rissigen, betonierten Gehwegs. Ich kniff die Augen zusammen, um in der Dämmerung besser sehen zu können. Es war gerade hell genug, um deutlich einen Stiefelabdruck im noch feuchten Schmutz zu erkennen. Nur einen einzigen, so als hätte er beim Auftreten genau beabsichtigt, dass ich ihn entdeckte ... bevor er wieder verschwunden war.

„Was ist?" Sam kam aus dem Haus. Ich drehte langsam meinen Kopf und sah sie an. Sie hatte die Hände in die Hüften gestemmt und runzelte die Stirn. „Was ist denn los?"

Billy trottete hinter ihr her, die Brauen zusammengekniffen. „Was gibt's?"

Ich drehte mich auf dem Absatz um und marschierte auf sie zu. „Habt ihr jemanden reinkommen hören?"

Beide sahen sich verwirrt um. Sam verlor ihren frechen Gesichtsausdruck.

„Wo?", fragte sie, als ich an ihr vorbeiging. „Meinst du im Haus?"

Das hieß wohl nein.

„Macht die Tür zu", bellte ich. Die Sorge machte mich strenger als sonst. „Und schließt ab. Überall."

„Was ist denn los?", fragte Billy und eilte Sam hinterher. Er wartete nicht auf eine Antwort, um den Riegel vorzuschieben.

„Es passiert schon wieder." Mein Vater taumelte, als er sich der Küchentür näherte, und er stützte sich mit einer knorrigen Hand am Türrahmen ab. Sam eilte auf ihn zu und griff ihm unter den freien Arm. Dads Augen ließen meine nicht los. „Wild, wir können ihn nicht gehen lassen. Sie werden ihn umbringen. Thomas war der Beste seiner Klasse – wenn er es nicht geschafft hat, wird es Billy sicher auch nicht schaffen."

„Ich?" Billy deutete auf seine Brust. „Was habe ich getan? Ich schwöre, ich war es nicht!"

„Schlechtes Gewissen?", murmelte Sam.

Er sah sie finster an.

„Stopp." Ich hielt meine Hand hoch. „Jetzt mal halblang. Sie werden Billy nirgendwo hinbringen. Sam, Billy, ab ins Bett."

Billy schüttelte den Kopf. „Wenn es um mich geht, habe ich ein Recht –"

Ich brachte ihn mit einem Blick zum Schweigen. „Es geht *nicht* um dich. Es geht um *mich*. Ab mit euch. Beide. Geht ins Bett. Wir werden morgen früh darüber reden."

Sie zögerten, denn sie wussten genauso so gut wie ich, dass wir in diesem Haus nicht gerade offen kommunizierten. Ich zeigte auf die Treppe.

„Geht bitte", bat ich sie leiser. „Lasst mich ein Weilchen mit Dad reden."

Sie murmelten Widerworte, stapften jedoch die Treppe hinauf. Ich wartete, bis ihre Zimmertür zuschlug, bevor ich mir den zweiten Umschlag schnappte und ihn aufriss.

Ein Päckchen kam zum Vorschein. Die fünf Symbole, die in unvorstellbar leuchtenden Farben auf seiner Oberseite prangten, passten zu den Kleinoden, die ich im ersten Umschlag gefunden hatte: ein Grabstein, ein Stock, eine Pfote, ein Messer und eine Münze. Ich überflog den

Text, während mein Vater mir quasi synchron die darin enthaltenen Informationen gab.

„Es ist eine Art College für außergewöhnliche Menschen", sagte er mit einem Lallen in der Stimme. Er streckte seinen Arm aus und tastete nach einem Stuhl. Ich ergriff seine Hand und spürte die Kraft, die noch immer da war, so gering sie auch sein mochte. Ich half ihm auf den Stuhl, und mein Blick schweifte über die übrigen Zeilen, während er weiterredete. „Nur die ganz Privilegierten gehen dorthin, Wild, privilegiert nicht im Sinne von Geld, sondern im Sinne von *Talent*. Magischem Talent."

Ich sah ihn an wie ein Schwein, dem ein Ballett aufgeführt wird – völlig verwirrt. „Wie bitte?"

Er schien mich nicht zu hören. „Auch ich wurde einberufen, so wie jeder in meiner Familie, aber ..." Er ließ den Kopf sinken. „Ich hatte nicht das Zeug dazu. Ich war eine Null. Ein magisches Nichts ... da hätte mehr sein können, war es aber nicht."

„Ein magisches Nichts", wiederholte ich, ohne die Bedeutung der Worte wirklich fassen zu können.

„Aber deine Mutter ... die war außergewöhnlich", schwärmte er. „So begabt. Genauso schön wie du, mit dunklem Haar und bernsteinfarbenen Augen. Eine strahlende Schönheit. Und natürlich war sie die Beste ihrer Klasse, genau wie Thomas. Ich konnte nicht mit ihr auf die Akademie gehen – hab die Prüfungen nicht bestanden –, aber ich blieb in ihrer Nähe, um sie zu unterstützen. Ich arbeitete auf dem Gelände." Er hob die Hände. „Sie hat nicht viel darüber geredet, aber sie ist wegen einem Familienfluch weggegangen. Sie hat der magischen Welt abgeschworen und wollte, dass ihre Kinder da nie reingezogen werden." Er schüttelte den Kopf. „Und dafür hätte ich sorgen müssen. Stattdessen habe ich Thomas gehen lassen. Es war meine Schuld –"

Dads Stimme war leicht undeutlich, und ich fragte mich, wie viel Alkohol er getrunken hatte, aber es war klar, dass er an das glaubte, was er da sagte. Diese Fantasievorstellungen waren für ihn real.

„Tommy wollte gehen", sagte ich und legte eine Hand auf seine viel zu dünne Schulter. „Er hielt es für das Richtige. All das Geld, eine gute Ausbildung, die zu einem guten Job führt – du hättest ihn nicht aufhalten können. Keiner von uns hätte das gekonnt, selbst wenn wir gewusst hätten, was passiert."

Aber vielleicht hätte Rory das gekonnt, dachte ich flüchtig. Tommy hatte sich mehr als einmal an Rory gewandt und ihn um Rat gebeten. Seine Meinung war ihm stets wichtig gewesen.

Dad seufzte und rieb sich den Nacken.

„Wahrscheinlich hast du recht." Er hielt inne und schüttelte den Kopf. „Ich war davon ausgegangen, dass er und der Nachbarsjunge aufeinander aufpassen würden. Wie früher."

Jetzt war ich noch verwirrter als zuvor. „Warte, du meinst Rory?"

Dad verlagerte unsicher sein Gewicht hin und her.

„Wir hatten tolle Zeiten, wir und Pam Wilson. Pam und deine Mutter waren wie Pech und Schwefel. Einen Teil ihrer Schulzeit haben sie zusammen verbracht. Aber dann ist deine Mutter gestorben, und Pams Mann hing nur noch an der Flasche. Machte nur noch Probleme. Ich hab ihr gesagt, dass sie abhauen soll, ich hätte ihr auch irgendwie geholfen, aber was konnte ich denn schon tun? Und dann war da noch Emelia, in der Stadt. Sie und deine Mutter waren auch gute Freundinnen ..."

„Dad." Ich beugte mich vor und legte meine Hand auf seinen Arm, um ihn aus der Vergangenheit zurückzuholen. Ich erinnerte mich daran, wie Rorys und meine Mutter an unserem Küchentisch gesessen und sich ein Glas Sherry genehmigt hatten. In meiner Erinnerung gab es an diesem Abend viel Gelächter. Aber das war lange her. Damals, als meine Mutter noch jung und lebensfroh und mein Vater noch nicht von Krankheiten geplagt gewesen war.

„Was ist mit Rory? Ist Rory auch auf diese Akademie gegangen?"

„Dieser gemeine alte Bastard hat mir 'ne dicke Lippe verpasst, erinnerst du dich?" Dad fuhr sich mit der Hand über das Gesicht. „Hab nie wieder jemanden so schnell zuhauen sehen."

Dad meinte Buck, Rorys Vater. Buck hatte sich nie eine Gelegenheit entgehen lassen, sich zu prügeln. Aber ich hatte nach seinem Sohn gefragt – was bedeutete, dass Dads Erinnerungsvermögen durcheinandergeriet. Aber auch das, was er davor gesagt hatte, ergab keinen Sinn. Ich hatte ein paar Postkarten von Rory aus Nevada bekommen – innerhalb Nordamerikas konnte man von der Akademie in New York kaum weiter entfernt sein.

Außerdem hätte Rory mich nie angelogen. Das war eine Sache, die wir uns gegenseitig geschworen hatten. Ehrlichkeit war immer unser oberstes Gebot gewesen.

Ich setzte mich vor meinen Vater. Seine Worte klangen ehrlich, aber auch nach Alkohol. Fantasie und Realität waren nur schwer voneinander zu unterscheiden. Das hatte schwarzgebrannter Schnaps so an sich.

„Das hier ist also der Vertrag?" Ich ging den Umschlag durch und fand sofort die Antwort auf meine Frage. Ein Abschnitt auf der Rückseite regelte alles bis ins kleinste Detail.

Wenn Billy zu den Prüfungen erschien, konnte er das Geld aus dem Willkommenspaket behalten, und wenn ihm ein Platz in der Akademie angeboten wurde, konnte er finanzielle Unterstützung beantragen. Wir unterlagen alle der Schweigepflicht. Ganz unten stand fast schon nebensächlich: „Wenn der BEWERBER nicht zur Auslese erscheint, begeht der BEWERBER Vertragsbruch, und die Familie des BEWERBERS wird vernichtet."

„Das ergibt überhaupt keinen Sinn", sagte ich leise und las es noch einmal. „Oben heißt es, *wenn* Billy bei den Prüfungen auftaucht. Aber diesem Absatz zufolge hat er gar keine andere Wahl." Ich pfefferte den Vertrag auf den Tisch, und die Seiten fächerten auf. „Die werden damit nicht durchkommen. Das ist alles nicht legal. Die klingen wie die verdammte Mafia, nicht wie eine Schule für … Privilegierte." Ich schüttelte den Kopf. „Er wird da nicht hingehen. Die können ihn nicht zwingen. Er ist immer noch minderjährig, um Himmels willen. Ich werde morgen die Polizei anrufen und eine Anzeige wegen Belästigung erstatten. Das Geld können die sich sonstwo hinstecken." Ich ballte meine Fäuste, um der Wut in mir Herr zu werden. „Wenn sie glauben, dass wir uns einschüchtern lassen und ihnen blind gehorchen, dann irren sie sich gewaltig."

Mein Vater runzelte die Stirn und starrte voller Sorge auf den Umschlag. „Das mit der Polizei habe ich schon versucht, nachdem dein Bruder gestorben ist. Ich habe alles getan, um irgendjemanden dazu zu bringen, ernsthaft zu ermitteln." Er schluckte schwer. „Ich hätte es besser wissen müssen. Diese Leute, magische Leute, haben ihre eigenen Gesetze. Sie spielen nicht nach den Regeln, die du und ich kennen, Wild, und das müssen sie auch nicht. Sie haben Kontakte zu den mächtigsten Eliten der Welt. Es ist Jahre her, dass ich einen Einblick in ihre Welt hatte, aber daran hat sich sicher nichts geändert."

Er hatte es schon wieder gesagt. ‚Magisch'. Ohne den kleinsten Hauch von Ironie, als sei das nicht nur ein Wort aus Kindergeschichten, die sich Menschen mit besonders viel Fantasie ausgedacht hatten.

Aber das war gerade nicht wichtig. Ich verschränkte die Hände hinter meinem Kopf. „Also … was willst du damit sagen? Was können wir tun?"

„Ich weiß es nicht. Vielleicht müssen wir untertauchen. Das Geld nehmen und uns verstecken."

Er glaubte also, dass die Todesdrohung dieser Akademie ernstzunehmen war. Sie wollten Billy – und wenn sie uns alle dafür umbringen mussten.

Billy. Mein kleiner Bruder mit seinen Grübchen und den eigenwilligen Haaren. Der kleine Junge, den ich so oft in den Schlaf geschaukelt hatte, wenn Mom zu beschäftigt gewesen war. Ich war nicht viel älter als er, aber ich fühlte mich für ihn verantwortlich, genau wie für Sam.

Ich sackte auf dem Stuhl zusammen. Ich hatte mich noch nie so alt und so allein gefühlt, und zum ersten Mal seit langer Zeit sehnte ich mich nach meiner Mutter. Ich wollte meinen Kopf an ihre Schulter lehnen und den Duft von Babypuder und Flieder einatmen, den ich nur von ihr kannte. Ihre Umarmung spüren und wissen, dass alles wieder gut werden würde.

Eine entfernte Erinnerung drängte sich in mein Bewusstsein, und ich hörte ihre Stimme genau neben meinem Ohr: *„Du nimmst die Herausforderung an, der sich* *niemand sonst stellen kann. Das ist deine Bestimmung, mein Liebes."*

Die Stimme meines Vaters holte mich zurück in die Realität.

„Ich war mir so sicher, dass du die Nächste sein würdest", sagte er. „Hab mir schon ausgemalt, wie ich dich an die Heizung fesseln muss, um dich davon abzuhalten, zu gehen. Ich meine, du bist bei sowas schon um einiges weniger vernünftig als Tommy. Aber Billy?" Er blickte zu mir auf. Von dem schneidigen Mann, den die Bilder auf dem Kaminsims zeigten, war in seinem Gesicht schon lange nichts mehr zu sehen. „Billy ist noch ein halbes Kind. Und er hat nicht den nötigen Überlebensinstinkt. Er nicht."

„Ich hab's dir doch gesagt, Dad, Billy geht da nicht hin." Plötzlich wusste ich, was zu tun war. Der Plan fügte sich blitzschnell in meinem Kopf zusammen. Ich konnte das durchziehen. Auf meine eigene Weise hatte ich mich jahrelang darauf vorbereitet.

„Mein kleiner Wildfang. Du folgst immer dem Ruf des Windes", hatte meine Mutter oft gesagt. *„Wind und Wildnis liegen eng beieinander, sie gehen Hand in Hand."*

Meine Augen brannten vor Rührung, aber ich drückte die Tränen weg.

„Und das mit dem Fesseln wird nicht funktionieren. Wenn sie unbedingt einen Jungen haben wollen, dann muss ich mir eben einen anderen Haarschnitt und einen Sport-BH zulegen. Anstelle von Billy werden sie einen Wolf im Schafspelz bekommen. Mal sehen, wie ihnen das gefällt."

KAPITEL 4

Ich stand im winzigen Badezimmer unseres maroden Hauses und starrte mich im Spiegel an. Die neblige Luft der Morgendämmerung ließ Gänsehaut über meine nackten Arme und Schultern wandern. Ein enges Tank-Top spannte sich über meinen noch engeren Sport-BH, der meine nicht gerade üppige Oberweite noch zusätzlich flach drückte.

Wenn ich Billy schützen wollte, hatte ich keine andere Wahl. Ich musste seinen Platz einnehmen. Dass er erst sechzehn war und sich noch durch die Pubertät kämpfte, machte die Sache ein wenig leichter.

Aber ich würde mir die Haare abschneiden müssen.

Ich spielte mit den Spitzen meiner braunen, gelockten Strähnen. Die weichen Wellen reichten bis zur Mitte meines Rückens. Es gab an mir nicht viele Dinge, die mädchenhaft waren – auf der Farm ergaben sich nicht gerade viele Anlässe für hübsche Kleider und Schminke –, aber meine Haare standen auf dieser kurzen Liste ganz oben. Sie schmeichelten meinen scharfen Wangenknochen und milderten die Strenge meiner Kinnpartie. Sie ließen sogar das markante Grübchen in der Mitte meines Kinns weiblich wirken – zumindest dachte man so nicht gleich an Clark Kent. Mein Gesichtsausdruck tendierte von Natur aus dazu, abweisend zu wirken, und ohne meine Haare würde ich mit Sicherheit jeden in die Flucht jagen.

Ich seufzte und nahm behutsam die Schere in die Hand. Diese Frisur konnte ich unmöglich behalten. Ich würde damit auffallen wie Ronald McDonald in einer Gruppe harter Schlägertypen. Sie musste weg. Auf Wiedersehen, Weiblichkeit.

Zögernd zog ich mir eine Haarsträhne aus dem Gesicht und öffnete die Klingen der Schere. Der erste Schnitt war der schwerste. Danach würde es leichter werden. Das musste es jedenfalls, denn sonst würde ich den ganzen Morgen hiermit verbringen, anstatt mich auf den Weg zum Bundesstaat New York zu machen – und zwar bevor mein Vater sich von seinem Stuhl im Wohnzimmer loseisen und mich aufhalten konnte.

„Wir finden einen anderen Weg, Wild", hatte er mir gestern Abend noch gesagt. „Wir können das Geld nehmen und jemanden anheuern, der uns hilft, unterzutauchen. Ich habe noch ein paar Kontakte aus meiner Schulzeit – ich bin sicher, dass einer von ihnen uns helfen kann."

Ich hatte meinen Vater immer für einen schlechten Lügner gehalten – für den Außenseiter in einer Familie, die überraschend gut im Manipulieren und im Erfinden von Halbwahrheiten war. Aber jetzt war ich mir nicht mehr so sicher. Ich wusste zwar immer noch nicht, was ich von dieser Magie-Sache halten sollte, aber fest stand, dass er uns jahrelang Informationen vorenthalten hatte. Vielleicht hatte die Angst ihn zum Schweigen gebracht. Angst vor dieser Akademie, Angst vor Mom. Aber eines wusste ich mit Sicherheit: Was das Untertauchen anging, log er wie gedruckt.

Keiner seiner ‚Kontakte' würde uns helfen. Nicht unter diesen Umständen. Wenn man vor einer Bedrohung nicht weglaufen konnte, musste man sich ihr stellen. Aber ganz sicher würde ich nicht zulassen, dass der kleine Junge sich stellte, um den ich mich all die Jahre gekümmert hatte. Er hatte ein Herz aus Gold. Er war zu sehr wie Tommy.

Nein, es lag an mir. Ich hatte die nötigen Fähigkeiten dazu; ich funktionierte gut unter Druck und fand immer eine Lösung. *Ich* war diejenige gewesen, die Whiskers beschafft hatte, den Bullen, der unsere Farm am Laufen hielt. Vor ein paar Jahren war er das Prachtexemplar schlechthin in der Viehauktion gewesen. Man hatte erwartet, dass er einen unerschwinglich hohen Preis erzielen würde. Aber mit meiner schnellen Zunge und meinem Händchen dafür, Menschen zu manipulieren, hatte ich ihn für einen Bruchteil seines Wertes ergattert.

So etwas konnte ich auf dieser Akademie gut gebrauchen. Da war ich mir sicher. Und ein Teil von mir freute sich über die Chance, genau die Leute zum Narren zu halten, die meinen Bruder auf dem Gewissen hatten.

Aber dafür musste ich meine Haare loswerden.

„Du schaffst das", flüsterte ich und nahm meinen Mut zusammen. Ich holte tief Luft und bewegte meine zitternde Hand Richtung Haarsträhne.

„Was machst du –" Sams Stimme ließ mich zusammenzucken.

„Ah!" Meine Finger krümmten sich aus Reflex, und die Schere schnitt ein paar Haare ab.

Ich hielt die Luft an, als meine Schwester näher kam. Diese kleine Spionin wurde immer besser darin, sich geräuschlos an einen heranzuschleichen.

„Gib her", sagte Sam und griff nach der Schere. „Ich helfe dir. Du musst los, die Zeit läuft dir davon."

Der gefasste Ton in ihrer Stimme sagte alles.

„Du hast uns über den Lüftungsschacht belauscht, oder?", sagte ich vorwurfsvoll und überließ ihr die Zerstörung meiner Haare. Sie deutete auf einen kleinen Hocker, und ich setzte mich. „Hat Billy auch mitgehört?"

„Nee, nur ich. Der Umschlag kam mir bekannt vor, er sah so aus wie der von Tommy. Dad hat den damals in seinem üblichen Versteck untergebracht, und ich habe ihn mir angesehen. Das war noch so einer, oder? Mit dem ganzen Geld?"

„Ja. Der hier war für Billy." Ich beobachtete sie im Spiegel und erkannte denselben harten Blick, den ich mir angewöhnt hatte. Zukünftig würde sie wohl Miss Sprich-mich-bloß-nicht-an Nummer zwei sein. Die Frauen in unserer Familie waren in erster Linie Überlebenskünstlerinnen. Irgendwo machte es mich stolz, dass sie so zäh war wie ich. Wenn ich ging, konnte ich sicher sein, dass sie Billy und Dad beschützen würde.

Mein Herz machte einen seltsamen Sprung, der mir gar nicht gefiel, und ich rieb mir die Brust.

Wenn ich sie zurückließ und etwas Schlimmes passierte, würden sie dann klarkommen? Was, wenn Dad sich wieder verletzte? Was, wenn die Zwillinge krank wurden? Was wenn, was wenn, was wenn … Alle möglichen Horrorszenarien gingen mir durch den Kopf. Meine Angst wurde mit jedem Herzschlag größer. Sie waren alles, was ich in dieser Welt hatte. Alles, wofür es sich lohnte, zu kämpfen – und genau deshalb musste ich sie verlassen.

„Billy ist zu jung fürs College", sagte Sam.

„Ich weiß."

„Er ist zu lieb. Er glaubt mindestens die Hälfte von dem Quatsch, den ich ihm so erzähle." Ihre Lippen verzogen sich zu einem gequälten Lächeln.

Ich lächelte zurück.

„Auch das weiß ich."

„Er ist zu sehr wie Tommy." Ihre Stimme senkte sich ebenso wie ihre Brauen, und sie schnitt ohne Zögern Strähne um Strähne ab.

Ich zuckte jedes Mal zusammen, als könnte ich die Schnitte spüren.

„Er hätte keine Chance auf diesem College – Begabung hin oder her."

Ich keuchte ein Lachen hervor, obwohl ich ihr zustimmte. „Er ist nicht ganz so naiv wie Tommy – er wirkt nur so, weil er sein Charisma und seine Grübchen einsetzt, um zu bekommen, was er will. Du würdest wahrscheinlich auch weiter kommen, wenn du das mal probieren würdest."

„Das hab ich durch. Natürlich ist es einfacher, den Leuten genau das zu sagen, was sie hören wollen. Spart Zeit." Sie zuckte die Achseln, es schien sie nicht weiter zu beschäftigen.

Und wieder musste ich lachen. Unsere Mutter wäre stolz auf die Fähigkeit der Zwillinge gewesen, sich aus Schwierigkeiten herauszuwinden. Ich war mir allerdings ziemlich sicher, dass das schlechte Erziehung war.

„So oder so", sagte ich, und die Sorgen drehten mir den Magen um. „Du hast recht. Billy ist noch zu leichtgläubig. Er geht immer noch davon aus, dass die Leute nur sein Bestes im Sinn haben."

„Ich weiß", sagte sie leise und schnitt eine weitere Strähne meiner geliebten Haare ab.

„Du wirst hier auf der Farm in meine Fußstapfen treten müssen. Du hast ein besseres Gefühl für Zahlen und Management als Billy. Du musst dafür sorgen, dass das Geld so lange wie möglich reicht."

„Ich weiß."

„Aber das Kochen kannst du ihm überlassen. Am Herd bist du echt zu nichts zu gebrauchen."

Wieder regte sich ein müdes Lächeln auf ihren Lippen. „Eines Tages werde ich noch zur Profi-Köchin, wart's ab."

„Das will ich sehen." Uns irgendeine Fähigkeit abzusprechen, war immer noch der effektivste Weg, einen von uns anzuspornen. Eine direkte Herausforderung war für uns schon immer die beste Motivation gewesen.

Ich schloss meine Augen. Der Anblick meiner immer kürzer werdenden Mähne war zu schwer zu ertragen.

„Achte darauf, dass die Aufgaben fair verteilt sind. Nimm nicht einfach alles auf dich, nur weil die anderen faul sind und dir Widerworte geben. Diese Lektion habe ich auf die harte Tour gelernt. Und lass nicht zu, dass sie sich in ihrem eigenen Dreck suhlen. Man muss Dad manchmal anschreien, damit er abwäscht. Aber bei kleinen Dingen kann er aushelfen."

„Ich weiß."

„Und lass dich nicht von irgendeinem Jungen verrückt machen, in den du diese Woche verknallt bist. Es lohnt sich nie, für solche Geschichten irgendwas aufzugeben."

Sie lachte und schüttelte den Kopf.

„Billy würde das sowieso nicht zulassen. Er verschreckt jeden, der versucht, mich kennenzulernen. Nicht, dass ich in der Hinsicht Verstärkung bräuchte."

Ich lachte in mich hinein. Sie würde mir ähnlicher werden, als ihr bewusst war.

„Er versucht nur, dich zu beschützen. Tommy und Rory haben das bei mir auch versucht, als wir älter wurden."

„Ich brauche keine Beschützer. Jungs denken, ich sei schwach, weil ich ein Mädchen bin. Sollen sie nur kommen – ich trete ihnen in die Eier und nehme ihnen den Geldbeutel ab, wenn sie sich mit mir anlegen."

Jetzt konnte ich mein Lachen nicht mehr halten. Ich krümmte mich, bis meine Stirn meine Knie berührte. Sam verpasste mir einen Klaps auf die Schulter, und ich setzte mich wieder aufrecht hin.

„Ich habe auch nie Schutz gebraucht." Die Worte fühlten sich unheilvoll an, fast wie ein Fluch. Ich hoffte inständig, dass ich immer noch keinen Schutz brauchen würde, da, wo ich hinging. Wenn man meinem Vater glauben konnte, würde ich es auf dieser Akademie jedoch mit viel mehr zu tun haben als mit einem Bauern, der sich einen hohen Preis für sein Vieh in den Kopf gesetzt hatte.

KAPITEL 5

„Pass bitte auf dich auf, Wild", sagte Sam mit Tränen in den Augen. Sie stand mit mir vor der Tür und beobachtete den Sonnenaufgang. Er tauchte den Himmel über uns in rosafarbenes, gelbes und orangenes Licht. Aus der Ferne ertönte ein klagendes, tiefes Muhen. Als ahnte Bluebell, dass ich sie verließ.

Ich werde zurückkehren, dachte ich. Ich würde nicht so enden wie Tommy.

Ich klopfte prüfend den Messergriff an meiner linken Hüfte und dann die unförmige Umhängetasche auf der anderen Seite ab. Die Einladung, die Kleinode, der Vertrag und ein Teil des kleinen Vermögens waren darin verstaut. Die Uhr hatte ich mir ans Handgelenk geschnallt.

Mein Vater hatte gesagt, dass Tommy damals fast vierzig Riesen bekommen hatte. Die Hälfte davon hatte er damals wohl mitgenommen, für alle Fälle.

Es hatte sich herausgestellt, dass ich bei diesem neuen Batzen mit meiner ersten Schätzung ganz schön daneben gelegen hatte. Und wie. Sie hatten Billy achtzig gegeben.

Achtzigtausend Dollar!

Ich war fast bewusstlos geworden, als ich fertig gezählt hatte. Danach hatte ich Dad gebeten, alles noch einmal zu zählen, um sicherzugehen. Ich kam einfach nicht darüber hinweg, dass so viel Geld in einem Bündel auf dem Tisch lag. In einem unscheinbaren Umschlag, den theoretisch jeder öffnen konnte.

Den Großteil der Summe hatte ich für meine Familie dagelassen und sie auf Reparaturen hingewiesen, um die sie sich als Erstes kümmern sollten. Für mich reichten zehn Riesen. Schließlich hatte ich meine Kindheit damit verbracht, Rory – der ein skrupelloses Schlitzohr war – nach Herzenslust zu übervorteilen. Und zwar ohne dass mein Bruder es mitbekommen und mich dafür zur Rechenschaft ziehen konnte, dass ich mich wie ein landläufiger Dieb verhielt. Ich war gut darin, zu bekommen, was ich brauchte, auch ohne Geld.

"Im Kampf ums Überleben gibt es keine Regeln", hatte meine Mutter immer gesagt. *"Schöpf deine gottgegebenen Fähigkeiten voll aus, Wild, und mach dir dafür ja keine Vorwürfe."*

Daran würde ich mich jetzt halten. Schließlich waren das die Worte meiner Mutter.

Ganz oben auf der Liste: mir eine Fahrt zum Flughafen ergaunern. Vor ein paar Tagen hatte sich der Truck nicht wenden lassen und ich hatte das Problem seitdem ignoriert. Mein Fehler.

„Versuch alles im Blick zu behalten", sagte ich leise und umarmte Sam fest. „Denk dir irgendeine Lüge aus, um Billy zu besänftigen. Dad kannst du ein bisschen Schnaps trinken lassen, dann nimmt er's nicht ganz so schwer. Und halt dich von meinem Zimmer fern. Ich komme wieder."

Eine Träne rollte über ihre immer noch babyweiche Wange. Um ihren Kopf flatterte ein feuriger Heiligenschein aus rotem Haar, zum Leuchten gebracht von den ersten Sonnenstrahlen.

„Ich schätze, jetzt sind Billy und ich an der Reihe, erwachsen zu werden, was?", meinte sie.

Ich schaffte nur ein müdes Lächeln. „Jetzt kannst du jedenfalls nicht mehr faul sein und mir alles überlassen."

Sie lachte überrascht und so heftig, dass Spucketröpfchen auf meinem Gesicht landeten. Ich wischte sie zusammen mit meinen eigenen Tränen weg.

„Bleib stark", sagte sie, und ihre großen blauen Augen sahen mir nach, als ich ging. Ich wusste, dass sie unsere Mutter in Gedanken hörte, genauso wie ich. „Aber hab keine Angst vor deinen Schwächen. Nutze jede Gelegenheit, um zu lachen. Erlaube dir, auch mal zu weinen."

Mein Gott, wie oft hatte Mom das gesagt? Zu oft. Ich wischte noch mehr Tränen weg und wandte mich mit einem Nicken ab. Ich würde mir später erlauben zu weinen. Jetzt musste ich los. Die Uhr tickte, wie es in der Einladung hieß.

Der Kies knirschte unter meinen Füßen, als ich an der Kuhkoppel vorbei unsere lange Auffahrt hinuntermarschierte. Dabei musste ich an den Fremden denken, der mysteriös erschienen und wieder verschwunden war.

Magie, hörte ich die Stimme meines Vaters im Kopf.

Aber ich schob den Gedanken beiseite.

Nahe der Abzweigung unserer Auffahrt zur Hauptstraße bog ich rechts auf einen Trampelpfad ab. In meiner Jugend musste ich diesen Weg Millionen Male eingeschlagen haben. Aber jetzt eroberte die Natur diesen Ort zurück. Es war lange her, dass meine beiden

Komplizen, Rory und Tommy, die Vegetation plattgetrampelt hatten. Der Pfad war entstanden, als sie an gemächlichen Sommertagen oder an stürmischen Winterabenden zum Haus des jeweils anderen gelaufen waren.

Ein seltsames Kribbeln zwischen meinen Schulterblättern unterbrach mein Schwelgen in der Vergangenheit. Das Haus von Rorys Eltern stand keine fünfhundert Meter weit weg. Es war ein baufälliger, durchhängender Verschlag, der schon vor Jahren hätte abgerissen werden sollen. Nur sein Vater lebte noch dort. Pam war etwa zur gleichen Zeit wie Rory abgehauen, sodass Buck niemanden mehr hatte, auf dem er herumhacken konnte. Pam hatte ihn wegen seiner Trinkerei sitzen gelassen.

Mich überkam das Gefühl, beobachtet zu werden. Ich behielt meine Geschwindigkeit bei, darauf bedacht, mich nicht umzusehen. Ein Raubtier griff immer dann an, wenn es glaubte, ertappt worden zu sein.

Beinahe hätte ich die Hand gehoben, um mir durch die Haare zu fahren. Dabei hätte ich einen verstohlenen Blick zur Seite werfen können – aber ich erinnerte mich gerade rechtzeitig daran, dass ich jetzt einen struppigen

Kurzhaarschnitt hatte, der von einer schmuddeligen alten Cappy gekrönt wurde. Sam hatte mir versichert, dass der Schnitt zwar zu einem Jungen passte, aber auch femininer gestylt werden könnte, falls ich das einmal wollen würde. Daran hatte ich allerdings meine Zweifel.

Ich rückte meine Tasche zurecht und simulierte ein Stolpern. Verstohlen schaute ich hinter mich und sah – nichts. Bäume säumten beide Seiten des Weges, sodass es Verstecke ohne Ende gab. Vögel zwitscherten aufgeregt, um ihren Schwarm darauf aufmerksam zu machen, dass ein Mensch an ihnen vorbeilief. Die Morgenluft war still, ich konnte keinen einzigen Windhauch um mich herum wahrnehmen.

Langsamen Schrittes ging ich weiter, konzentriert auf meine Umgebung, die Ohren gespitzt. Denn da war etwas – oder jemand. Ich war mir sicher. Irgendetwas pirschte sich lautlos an mich heran. Berglöwen kamen in unserer Gegend nicht sehr häufig vor, aber ab und zu zeigte sich einer. Sie waren unglaubliche Jäger.

Und doch ahnte ich, dass es kein Tier war. Menschen und Tiere hatten schon immer unterschiedliche Vorahnungen bei mir ausgelöst. Sie strahlten verschiedene Arten von Gefahr aus. Wie sich Tiere an ihre Beute heranpirschen, erschien mir irgendwie logisch. Ihre Vorgehensweise war genauso vorhersehbar wie ihre Beweggründe. Aber bei menschlichen Jägern war das Gegenteil der Fall. Ihre Art des Lauerns änderte sich je nach Stimmung und Gefühlslage. Sie waren viel gefährlicher.

Meine Nackenhaare stellten sich auf. Gefressen zu werden, war gerade meine geringste Sorge. Was immer da war, es wollte etwas anderes, etwas Schlimmeres.

Ein Mensch also. Ein Jäger mit gesteigerter Intelligenz. Offenbar konnte er sich lautlos bewegen und verstecken. Das hieß, er konnte genau dann zuschlagen, wenn ich es am wenigsten erwartete.

Vor meinem geistigen Auge blitzten dunkle Koteletten und ein sehniger, energiegeladener Körper auf. Ich legte einen Zahn zu. Manchmal war Beute eben Beute und musste davonhuschen, bevor ihr Verfolger zuschlagen konnte. Wenn ich es mit dem Mann zu tun hatte, der den Umschlag gebracht hatte, dann wusste ich genau, wer hier Katz und wer Maus war.

Ich erreichte Rorys Haus im Stechschritt. In der Einfahrt stand derselbe alte Chevy wie eh und je. Wie es aussah, wurde er kaum noch benutzt. Spinnweben überzogen Spiegel und Karosserie und zwischen den rissigen Scheibenwischern hatten sich Blätter gesammelt. Buck, Rorys Vater, arbeitete aus Prinzip nicht. Er zog es vor, dem Staat auf der Tasche zu liegen. Und er hatte auch keine Freunde, die er besuchen konnte. Er würde also drinnen sein und seinen letzten Rausch ausschlafen.

Ich schlüpfte hinter die braune, dürre Hecke und schlich zu Rorys altem Schlafzimmerfenster. Hier hatte sich Rory einmal an meinen Arm geklammert und Tommy und mich angefleht, ihn nicht zurückzulassen. Ich war damals neun Jahre alt gewesen. Zu jung, um zu begreifen, dass mein Freund ein panisches Kind war, das Angst vor den Monstern hatte, die seine Welt ausmachten. Rorys Vater hatte angefangen zu schreien. Die Schreie im Hintergrund waren lauter geworden, begleitet vom Schluchzen von Rorys Mutter. Tommy hatte gewusst, was zu tun war.

„Komm mit", hatte er gesagt. „Du kannst heute Nacht bei uns bleiben, Rory. Das werden die gar nicht mitbekommen."

Und das hatten sie auch nicht. Weder in dieser Nacht noch in den Dutzenden anderen, die er bei uns verbracht hatte.

Damals war mir klar geworden, dass Rory zu Hause nicht in Sicherheit war, im Gegensatz zu mir. Für ihn bedeutete zu Hause zu sein nur noch mehr Alpträume. Deshalb hatte ich auch nicht mit der Wimper gezuckt, als er gesagt hatte, er wolle weg von hier. Aber hatte er mich darüber belogen, *wohin* er ging? Wir hatten uns so nah gestanden; wir kannten uns, seit wir denken konnten. Unmöglich, dass er mich anlügen würde.

Ich drückte mich vorsichtig gegen das Fenster, bis ich ein leises Klicken hörte, mit dem sich das kaputte Schloss löste. Ich schob meine flache Hand unter den Rahmen, um es zu öffnen. Ein kaum hörbares Quietschen ließ mich für einen Moment innehalten. Ein plötzlicher Schauder zog sich zwischen meinen Schulterblättern hinab.

Der Fremde war hier, er sah mir zu. Da war ich mir sicher.

Der Koteletten-Typ oder einer von seiner Sorte beobachtete, wie ich in dieses Haus einbrach.

Mein Atem wurde flach. Ich zwang mich, ruhig zu bleiben. Er hatte Billy offen bedroht. Ich bezweifelte, dass er die Bullen rufen würde. Außerdem hatten wir keinen funktionierenden Truck und Billy hatte Zeitdruck – der Koteletten-Typ konnte eins und eins zusammenzählen.

Ich ignorierte den Blick, der sich in meinen Rücken bohrte, biss die Zähne beim nächsten Quietschen zusammen und schob das Fenster ganz auf. Ich hielt wieder inne und spitzte die Ohren.

Ein leises, rhythmisches Ticken erregte meine Aufmerksamkeit. Eine Uhr.

Ansonsten durchdrang nichts die drückende Stille.

Behände kletterte ich durch das Fenster auf die vorsorglich platzierte Kommode und den Hocker dahinter, die Rorys Gewohnheit verrieten, in sein eigenes Zimmer einzubrechen. Fast lautlos schlich ich mich in den Flur, vermied sorgfältig das eine lose Brett unter dem schäbigen, rostfarbenen Teppich – und blieb wie versteinert am Rand des Wohnzimmers stehen.

Hinter der Lehne des verschlissenen grünen Sessels war kein Kopf zu sehen. Ich drehte mich zur Seite, schaute zum altmodischen Fernseher hinüber und begutachtete die Couch. Bucks Körper lag quer darüber, die Schultern so breit wie eh und je, der Bauch noch größer als in meiner Erinnerung. Plattgedrückte Bierdosen lagen auf dem Boden neben einer achtlos fallengelassenen, leeren Flasche Wodka.

Buck hatte eine besondere Fähigkeit: Er konnte sich bis zur Bewusstlosigkeit betrinken, aber wenn sich jemand an seinen Sachen zu schaffen machte, reagierte er in Windeseile. Das hatte ich nie verstanden. Aber ich ging nicht davon aus, dass er sich geändert hatte.

Ich würde es jetzt wohl testen müssen.

Wie ein Geist schlich ich an der Wand entlang zum Tresen, der die Küche vom Wohnbereich trennte. Ein kaputter Korb beherbergte einen Haufen Gerümpel, auf dem die Schlüssel lagen, das war schon immer ihr Platz gewesen. Mit angehaltenem Atem hob ich sie aus dem Durcheinander.

Zwei Schlüssel klirrten dabei aneinander. Ich erstarrte. Mein Herz schlug mir bis zum Hals. Rhythmisches Atmen erfüllte den Raum. Meine Eingeweide schrien mir zu, dass ich wegrennen sollte.

Ich schaute auf die Eingangstür hinter dem Wohnzimmer. Die Chancen standen gut, dass Buck ihre Scharniere nicht geölt hatte. Gepaart mit seinem sechsten Sinn für Eindringlinge bedeutete das, dass ich denselben Weg zurück nehmen musste, auf dem ich hereingekommen war. Nicht einmal Rory hatte es jemals gewagt, mit Bucks Eigentum aus der Haustür zu spazieren. Das war ein Spiel mit dem Tod.

Ich bewegte mich so schnell und leise wie möglich, kletterte durch Rorys Fenster und schloss es langsam hinter mir. Wieder grub sich ein Blick in meinen Rücken, ich konnte es geradezu körperlich spüren. Beinahe hätte ich mich bei meinem Beobachter sarkastisch für seine Geduld bedankt. Stattdessen joggte ich zum Truck. Die Zeit lief davon.

Doch das war nicht der Grund, warum ich mich so hetzte. Es war dieser elende Mistkerl auf dem Sofa. Vielleicht hatte er seinen Killerinstinkt verloren, aber darauf verlassen wollte ich mich nicht. Bei der Erinnerung an die Angst, die er mir in meiner Jugend eingeflößt hatte, flutete Adrenalin durch meinen Körper. Ich erreichte den Truck und riss die Tür auf.

Ein lautes Stöhnen zerriss die Stille.

„So ein Mist", murmelte ich, während ich auf den Sitz sprang und am Schlüsselbund herumfummelte. Ein Anfängerfehler – ich hätte den richtigen Schlüssel schon herausziehen sollen, während ich zum Truck rannte.

Die Tür ließ ich offen. Je weniger Lärm, desto besser. Ich würde sie schließen, sobald die rollenden Reifen Dreck auf das Haus dieses Bastards schleuderten, nicht vorher.

Der Schlüssel klimperte, als ich ihn ins Zündschloss steckte. Ich kaute vor Anspannung auf meiner Lippe, als ich ihn drehte. Der Motor heulte auf … und würgte ab.

Noch ein Versuch. Wieder würgte er ab. Und wieder.

Die alte Karre hatte ordentlich zu kämpfen. Wann war sie zuletzt benutzt worden? Mein Plan sah plötzlich nicht mehr ganz so gut aus.

„Komm schon", murmelte ich und gab dem Gaspedal einen Stoß, bevor ich es erneut versuchte. „Komm schon, komm schon …"

Der Truck sprang langsam und keuchend an.

Seufzend streckte ich die Hand nach der Tür aus und warf dabei einen Blick auf das Haus.

Die Tür stand offen.

„Was denkst du, was du hier machst?", brüllte Buck, als er an den Truck herantrat. Seine riesige Hand schloss sich um die Kante der Fahrertür. „Versuchst wohl, meinen Truck zu klauen, du dumme …"

Mit seiner anderen gewaltigen, vernarbten Hand griff er nach mir.

Er würde mich blutig schlagen, ohne zu zögern.

Ich reagierte instinktiv. Ich rammte ihm meine Finger in die kleinen Schweineaugen, bevor ich ihm mit aller Kraft eine Faust in den Hals schlug. Bevor er reagieren konnte, schleuderte ich seine ausgestreckte Hand beiseite, und er fiel mit einem erstickten Schrei nach hinten.

Ich legte den Gang ein und stampfte mit dem Fuß auf das Gaspedal.

Der Truck stotterte jämmerlich, aber er rollte langsam vorwärts.

„Du dreckige Schlampe", brüllte Buck mir hinterher. Mit nur halb geöffneten Augen holte er auf und stürzte sich wieder auf mich. Seine Reflexe waren durch das Alter und den ständigen Alkoholkonsum abgestumpft. Aber er würde nicht aufgeben. Und ich auch nicht.

Ich lehnte mich zur Seite und riss meinen Arm weg. Zu spät. Seine langen Fingernägel kratzten über meine Haut. Der Wagen ruckte nach vorne, die Tür schwang zu und erwischte Buck volle Kanne.

Er stöhnte, und ich lenkte den Truck scharf nach rechts. Buck wurde zur Seite geschleudert. Sein Ellbogen schlug gegen den Kotflügel und sein Körper fiel endlich vom Truck ab.

Ich riss das Lenkrad herum und steuerte den Truck in die entgegengesetzte Richtung, um auf die Straße zu schlittern. Hinter mir rollte Bucks Körper im aufgewirbelten Staub über den Kies.

„Geschieht dir recht", murmelte ich atemlos, während ich ihn hinter mir ließ.

Es war nun kein Geheimnis mehr, wer seinen Truck geklaut hatte. Gott sei Dank konnten meine Geschwister mit der Schrotflinte umgehen.

Mir blieben zu diesem Zeitpunkt weniger als achtundvierzig Stunden – keine Zeit für ein Nickerchen in einer Gefängniszelle.

KAPITEL 6

Ich hatte das Lenkrad mehr schlecht als recht unter Kontrolle, während ich die alte Schrottkiste Richtung Highway bugsierte. Immerhin waren die Spinnweben nicht der Tatsache geschuldet, dass Buck kein Geld für Benzin hatte. Aber die Servolenkung war völlig im Eimer, und die Bremsen quietschen wie am Spieß. Außerdem war ich mir ziemlich sicher, dass die Blinker nicht mehr zuverlässig funktionierten. Jedenfalls war ich beim Spurwechsel energisch angehupt worden. Aber diese Dreckschleuder war immer noch um Lichtjahre besser als zu Fuß zu gehen.

Mit einer letzten angestrengten Kurbelbewegung war ich auf dem Highway.

„Fast so schwer, wie Bluebell unter Kontrolle zu halten", murmelte ich unter dem Knirschen der Gänge beim Hochschalten.

Ich fuhr mit Bleifuß und versuchte vergeblich, auf Highway-Geschwindigkeit zu kommen. Die Karosserie des Trucks bebte und rumpelte unter mir, und der zerfledderte Auspuff klapperte – bevor er herunterfiel und hinter mir auf den Asphalt knallte. Den Funkenregen konnte ich im Rückspiegel bewundern. Als ich mir ziemlich sicher war, dass nichts Weiteres mehr vom Wagen abfallen würde, kurbelte ich das Fenster herunter und ließ die frische Morgenluft den Gestank von altem Mann und saurem Bier wegblasen. Nach ein paar tiefen Atemzügen verlangsamte sich mein Herzschlag endlich. Ich war auf dem Weg zu dieser *Großen Auslese*, und inzwischen lag ich tatsächlich ganz gut in der Zeit. Vor Ort würde ich die Verantwortlichen davon überzeugen, dass ich – das hieß, Billy – völlig ungeeignet war. Wofür auch immer sie ihn haben wollten.

Ich blickte routiniert in den Rückspiegel und war plötzlich wie vom Donner gerührt. Der Anblick ließ mir das Blut in den Adern gefrieren.

Eine elegante schwarze Limousine, die in der Morgensonne glänzte, bog etwa drei Autos hinter mir in meine Spur ein. Die Autos zwischen uns, die sich über meinen Mangel an Geschwindigkeit ärgerten, überholten mich eines nach dem anderen. Aber diese Limousine blieb an ihrem Platz und erlaubte anderen, vor mir einzuscheren.

„Die sind echt dumm wie Brot, wenn sie denken, dass ich sie nicht bemerke", murmelte ich, während schon wieder Adrenalin durch meine Adern strömte. Niemand, der in dieser Gegend in so einem neuen, glänzenden Schlitten unterwegs war, würde freiwillig unterhalb der Geschwindigkeitsgrenze bleiben. Sie waren meinetwegen hier.

Und ich hatte nicht die geringste Chance, eine nagelneue Limousine zu überholen. Nicht mit Bucks Truck.

Ich kaute angestrengt auf der Innenseite meiner Wange, während ich meine Optionen durchspielte. Die nächste Ausfahrt führte zu einer Reihe von Vorstädten, Schulen und kleinen Parks. Ich könnte probeweise abbiegen und dann versuchen, sie abzuhängen. Aber wenn sie angriffslustig waren … dann hätte ich keine andere Wahl, als den Truck stehen zu lassen und mich zu Fuß durchzuschlagen.

Das würde wiederum sehr lange dauern, und viel Zeit hatte ich nicht, um den Staat New York zu erreichen.

Ich überprüfte die Smartwatch. Noch dreißig Stunden, fünfzehn Minuten und vier Sekunden. Der Flug würde schätzungsweise vier Stunden dauern. Die Fahrt vom Flughafen aus vielleicht noch zwei.

Ich hatte eine verrückte Idee, wie ich meine Verfolger loswerden konnte. Ich war mir nicht sicher, dass sie funktionieren würde, aber verrückte Ideen waren zu diesem Zeitpunkt meine beste Option.

Ich zerrte das Lenkrad hart nach rechts und schaltete den Truck in einen niedrigeren Gang, um die Geschwindigkeit über den Motor statt über die quietschenden Bremsen zu drosseln. Der Truck rumpelte widerwillig vor sich hin, aber wenigstens war das immer noch die leisere Alternative.

Ich rollte die Ausfahrt hinunter und kämpfte wieder mit dem Lenkrad, als ich um die Kurve bog. Ein Blick in den Rückspiegel bestätigte meine Vermutung. Die Limousine war mir gefolgt und hatte den Abstand zwischen uns noch verringert. Wieder saß mir das Gefühl, beobachtet zu werden, im Nacken.

Nur bestand diesmal nicht der geringste Zweifel, dass mir wirklich jemand auf den Fersen war.

Ein Teil von mir war so verängstigt, dass ich nicht mehr klar denken konnte. Das war nicht nur irgendein Raubtier, das mich verfolgte, sondern ein Jäger, der in der Nahrungskette weit über mir stand – und der mich in Richtung einer gefährlichen Zukunft trieb, aus der ich vielleicht nicht entkommen würde. Doch auch ein anderer Teil von mir erwachte zum Leben. Der Teil, der damals mit Tommy und Rory über die Felder getobt und in verlassene Häuser eingebrochen war. Der Teil, der mir meinen Spitznamen eingebracht hatte: *Wild*.

„Du schaffst das." Ich schaltete immer weiter herunter, bis der Truck im ersten Gang vor sich hin kroch. Der Motor maulte unglücklich, tuckerte und ruckelte aber vorwärts. Ich hatte nicht die nötigen PS, um meine Verfolger zu überholen. Aber das hieß nicht, dass ich sie nicht überlisten konnte.

Ich ließ den Truck am Ende der Ausfahrt zum Stehen kommen, streckte den Arm aus dem Fenster und winkte sie an mir vorbei. Jemand, der seine Anonymität wahren wollte, würde mitspielen und die Verfolgung später wieder aufnehmen.

Die schwarze Limousine glitt heran und kam meiner Stoßstange gefährlich nahe. Kurz bevor es zu einem

Aufprall gekommen wäre, hielt sie an und wartete geduldig. Auf diese Weise Druck aufzubauen, war natürlich auch eine Taktik. In meinem Rückspiegel war ein strenges Gesicht zu sehen, das trotz der Pilotenbrille an einem Paar kräftiger Koteletten leicht wiederzuerkennen war.

Ich konnte mir ein Grinsen nicht verkneifen, auch wenn mich ein warnendes Kribbeln durchzog. Dieser Mann bedeutete Ärger. Das spürte ich mit jeder Zelle meines Körpers. Aber er jagte mich, und so etwas konnte ich nun gar nicht ausstehen. Es gab Momente, in denen man zum Rückzug ansetzen sollte, und Momente, in denen man sich zur Wehr setzen musste. Mein Bauchgefühl sagte mir, dass dieser Moment in die letzte Kategorie fiel.

Dann hoffen wir mal, dass Bucks Rücklichter nicht besser funktionieren als seine Blinker.

Ich legte den Rückwärtsgang ein und trat das Gaspedal durch. Der Motor brummte, und der Truck schoss viel schneller zurück, als er es vorwärts geschafft hätte. Mit voller Wucht knallte er auf die Motorhaube des schwarzen Autos. Ich nahm den Fuß nicht vom Gas.

„Nimm das, Mr. Koteletten."

Die Reifen der Limousine quietschen starrsinnig auf dem Asphalt, aber Bucks Truck war schwer und zum Abschleppen gemacht. Er schob den kleineren Wagen gnadenlos rückwärts, und Rauch stieg auf, während der Koteletten-Typ bremste. Aber ich hatte gerade erst angefangen. Ich starrte grinsend über meine Schulter durch die Heckscheibe und kurbelte kräftig am Lenkrad, sodass der Truck sich drehte und die Limousine seitlich in den Straßengraben drängte.

Die Schwerkraft half mir, und der schwarze Wagen rollte den steilen Abhang hinunter. Die Reifen drehten hilflos im trockenen Gras durch, bis die Karre auf dem Grund des Grabens ankam. Ohne einen Abschleppwagen würde er da nicht mehr herauskommen.

Immer noch wie verrückt grinsend, legte ich den ersten Gang ein und fuhr vorwärts. Ein letzter Blick in den Rückspiegel zeigte mir eine einzelne Person, die am Straßenrand stand. Das Sonnenlicht leuchtete auf seiner Fliegerbrille.

Mein Grinsen verging mir beim Anblick seines Gesichtsausdrucks, den die Brille kaum verbergen konnte.

Der einsame Wolf, den ich damals getötet hatte – der mit einer Vorliebe für unser Vieh –, hatte mich genauso angesehen. Mit glitzernden Augen und Lippen, die sich über gebleckten Zähnen spannten. Offensichtlich hatte ich mir einen Feind gemacht, der ein schlechter Verlierer war.

Ganz sicher würde mich dieses Manöver eines Tages teuer zu stehen kommen.

Ich drückte das Gaspedal durch und fuhr so schnell wie möglich zurück auf den Highway. Die Angst stachelte mich dazu an, regelrecht zu rasen – so weit das möglich war. Ich wollte nur dem Blick dieses Wolfs entkommen.

Die Fahrt war so lang, dass ich viel Zeit zum Grübeln hatte, auch wenn ich dabei ständig meine Rückspiegel überprüfte. Ich war auf dem Weg zu einem College, in dem es zu Todesfällen kam, die nicht weiter untersucht wurden. Einem College für *magisch* begabte Menschen, wie mein Vater behauptete.

Schnaubend lachte ich in mich hinein. Wenn es echte Magie in der Welt gäbe, so wie sie in Fantasy-Büchern vorkam, hätte ich schon längst davon gehört. Das war ein zu großes Geheimnis, als dass man es hinter Schloss und Riegel hätte halten können. Vielleicht hatte mein Vater übertrieben, und das College war für Leute mit außergewöhnlichen Fähigkeiten in bestimmten Bereichen.

Ein College, auf dem nicht nur die Leseratten gefördert wurden.

Ich runzelte die Stirn. So sehr ich es auch hasste, ich konnte verstehen, warum sie Tommy gewollt hatten. Er war einfach in allem gut gewesen. Rundherum ein Goldjunge, der leicht Freunde fand, die Lehrer bezauberte und immer gute Noten bekam. Rory auf der anderen Seite hatte wegen etlicher Prügeleien ein kilometerlanges Vorstrafenregister bei der örtlichen Polizei. Und bei Licht betrachtet waren seine Kernkompetenzen das Stehlen und anderen die Schuld zuzuschieben. Warum hätte ein Elitecollege ihn gewollt? Nichts davon ergab Sinn.

Ich seufzte erleichtert, als endlich das Schild zum Flughafen auftauchte. Ich würde schon noch an Antworten kommen, aber ich bezweifelte, dass sie mir einfach in den Schoß fallen würden. Ich würde sie mir erkämpfen müssen.

Ich fügte mich in den Flughafenverkehr ein, wobei ich darauf achtete, dass der Truck nicht noch einmal in eines der schöneren Fahrzeuge krachte. Der Verkehr verlangsamte sich bis zum Stillstand. Ich war dem Kurzzeitparkplatz schon nah, kam aber kein Stück weiter an ihn heran.

Der Motor brummte und schlingerte vorwärts, sodass die Stoßstange beinahe den polierten roten Porsche vor mir berührte.

„Alte Dreckschleuder", fluchte ich, während ich mit aller Kraft auf die Bremse trat.

Ich streckte den Kopf aus dem Fenster, um herauszufinden, was genau den Stau verursachte. Dass Städte überfüllt und geschäftig waren, wusste ich – aber bei so vielen Menschen, die hier täglich ein- und ausfuhren, hatte ich erwartet, dass der Verkehr einigermaßen geordnet sein würde.

Ein Geländewagen schob sich auf der rechten Spur vorwärts und gab den Blick auf die Abflughalle frei. Mir stockte der Atem. Zwei schwarze Limousinen schimmerten im Morgenlicht. Sie warteten auf jemanden.

Ich riss meinen Kopf zurück in die Fahrerkabine und blieb direkt hinter dem Porsche. Mein Herz hämmerte so laut in meiner Brust, dass ich das Hupen um mich herum kaum mehr wahrnahm.

Der Kotelettenmann hatte offenbar mehr Freunde als ich. Ich beobachtete sie aus dem Augenwinkel, während ich darüber nachdachte, was zu tun war. Wie sollte ich aus dieser Situation herauskommen?

Bucks Truck war nicht gerade unauffällig mit seinem abblätternden Lack, dem Motor, der lauter war als eine Schrotflinte, und dem Gestank der Abgase, die inzwischen ganz ohne Auspuff aus dem Inneren des Ungetüms hervorquollen. Andererseits saß ich auch nicht in der einzigen Rostlaube in Sichtweite. Immerhin hatten sie sich noch nicht in ihre Autos gesetzt oder waren direkt auf mich zu gerannt. Also kein Grund zur Panik.

Ich warf einen Blick auf die Smartwatch. Noch achtundzwanzig Stunden, vierzig Minuten und achtzehn Sekunden. Eine Menge Zeit.

Die Zahlen zitterten, während ich sie anstarrte. Sie verschwommen und gerieten dann durcheinander wie bei einer frisch geschüttelten Schneekugel.

„Was zum Teufel?" Ich tippte mit einem Finger auf den kleinen Bildschirm. Was für ein Schrottteil sie mir da gegeben hatten ... und dann geschah das Schlimmstmögliche.

Die Zeit änderte sich.

Und zwar nicht zu meinen Gunsten.

Jetzt blieben mir nur noch *sechs Stunden.*

„Du verdammtes Stück Dreck!", fauchte ich. Wut flammte in mir auf. „Wer auch immer gerade an meiner Zeit herumspielt, er will mich wohl zum Todfeind haben."

Zähneknirschend reckte ich den Hals und sah ein paar Autos weiter einen Mann, der den Verkehr ins Parkhaus leitete. Ein Seitenblick verriet mir, dass die schwarzen Limousinen noch da waren.

Die Minuten verstrichen. Der Wagen fügte sich nur widerspenstig meinem Willen. Ich vermied es, auf die Uhr zu schauen, aus Angst, dass die Zeit sich wieder ändern würde.

Der Mitarbeiter an der Einfahrt zum Parkhaus bedeutete mir, anzuhalten, was angesichts der abgesenkten Schranke neben dem Gebührenschalter überflüssig war.

„Wie lange wollen Sie parken?", rief er.

Mein Herz steckte mir im Hals, und ich musste meiner Stimme erst einen Weg an ihm vorbei bahnen. „Gar nicht lange. Wenig. Wenig Zeit." Ich schnitt eine Grimasse. Wann hatte ich verlernt, wie man mit Menschen sprach? „Nur ganz kurz."

„Jep." Er winkte mich weiter. „Zweite Ebene. Die erste ist schon voll."

Ich schnappte mir ein Ticket und riss die Schranke fast mit, weil der Truck schon wieder zu schnell nach vorne ruckelte. Ich stellte den Wagen in einer Parkverbotszone ab. Das war um einiges schneller, als einen Platz zu finden, der groß genug für diesen Alptraum von einem Auto war. Den Motor ließ ich laufen. Vielleicht würde die Kiste ja jemand klauen. Schon wieder.

Ich stürzte zur Treppe. Ich musste einen Weg an diesen Limousinen vorbei finden oder zum nächsten Terminal laufen.

Meine Sinne registrierten eine beunruhigend nahe Bewegung hinter mir. Instinktiv wich ich nach rechts aus. Aus den Augenwinkeln sah ich einen Schrank von einem Mann, der sich zu mir umdrehte. Von der anderen Seite kam ein weiterer Mann zwischen den geparkten Autos hindurch auf mich zu gerannt.

Der erste Mann stürzte sich auf mich und bekam mich beinahe zu fassen. Ich tänzelte an ihm vorbei und stieß mit der Hüfte gegen ein Auto. Die Alarmanlage schrillte auf und seine Warnblinker erhellten flackernd den schummrigen Innenraum des Parkhauses. Ich spürte das Blut durch meine Adern pumpen, als ich mich in der Hocke vor meinen beiden Angreifern wiederfand. Es waren zwei Männer in Anzügen. Genau die Sorte Anzüge, die auch Mr. Koteletten trug. Sie hatten auch militärische Kurzhaarschnitte wie er, Pilotenbrillen und Aufnäher mit dem roten Netz von Wyrd auf den Ärmeln. Nur dass diese Männer beide glattrasiert waren. Offenbar gehörte fürchterliche Gesichtsbehaarung nicht zu den Vorschriften.

Der Mann zu meiner Linken verzog seinen Mund zu einem reptilienhaften Lächeln. „Billy. Mach's dir nicht schwerer, als es sein muss."

Billy. Sie wussten also, wer ‚ich' war.

Ich blieb in der Hocke, rutschte aber nach hinten und tastete den Boden mit einer Hand ab. Ich räusperte mich und versuchte, meine Stimme tiefer klingen zu lassen. „Ich hab 'nen Flug zu erwischen. Ein andermal, Jungs."

Die beiden Männer lächelten synchron, und ein ungutes Prickeln im Nacken ließ mich herumschnellen. Weitere Männer hatten sich hinter mir versammelt, und einer von ihnen wollte einen schwarzen Sack über meinen Kopf stülpen. Ich holte zu einem Kinnhaken aus, der seinen Kopf derart nach hinten schleuderte, dass seine Sonnenbrille wegflog, als er rückwärts gegen ein Auto fiel.

Meine immer noch geballte Faust pochte dumpf. Das würde morgen wehtun. Aber ihm noch mehr als mir.

Den Konter wartete ich gar nicht erst ab. Ich sprintete los, im Zickzack durch das Parkhaus, wobei ich immer wieder rechts und links an Autos schrammte und in regelmäßigen Abständen Alarme auslöste.

Am Ende der Treppe wartete die Eingangstür zum Flughafen auf mich. Ich war fast da. Obwohl es nicht gerade so aussah, als würde ich dort in Sicherheit sein. Sie waren dreist genug, mich in einem überfüllten Parkhaus anzugreifen – warum sollten sie im Flughafengebäude zurückhaltender sein?

Ich wagte einen Blick auf den Treppenschacht hinter mir. Er war leer. Aber dieser eine Blick zurück wurde mir zum Verhängnis. Als ich mich wieder umdrehte, fiel bereits ein schwarzer Sack über meinen Kopf und schloss sich um meinen Hals.

„Fesselt ihn ordentlich. Der Bengel haut gern ab."

Energische Hände packten mich und drückten mich nieder, und die Panik in meiner Brust nahm neue Dimensionen an. Was zum Teufel passierte hier? Der Koteletten-Typ *wollte* doch, dass ich zu dieser Großen

Auslese ging. Warum wurde ich also aufgehalten? Gehörten diese Burschen nicht zu ihm?

Ich trat um mich, entriss meine gestiefelten Füße ihren Händen und stieß sie in alle Weichteile, die ich erreichen konnte. Ich landete zwei Treffer. Punkte für das Mädchen mit den langen Beinen.

„Für fünfzehn Jahre ist der Bastard ziemlich groß!", zischte einer von ihnen.

Für ein Mädchen ist der Bastard noch größer, dachte ich.

Ich kauerte mich zusammen und drehte mich zur Seite, erwischte mit einem zielsicheren Tritt ein Gelenk. Knorpel knackte. Ein Knie? Jemand fluchte.

Ich drehte mich zur anderen Seite und riss mich los, wobei ich meine Hände rechtzeitig vor die Brust brachte, um den Zusammenprall mit dem harten Boden abzufedern. Ich griff nach oben, um mir den Sack vom Kopf zu reißen, als grobe, lächerlich starke Hände mich erneut packten. Diese Kerle waren erfahren – und es waren zu viele von ihnen.

Ich wusste, wie man mit großen Tieren umzugehen hatte. Man musste einschätzen können, wann ein Klaps und wann ein Leckerli angebracht war. Fürs Erste würde ich ihnen also entgegenkommen und sie denken lassen, sie hätten gewonnen.

Denn wenn ich sie nicht besiegen konnte, musste ich sie überlisten.

KAPITEL 7

„Ich hab genug", keuchte ich. Der raue Sack, den sie mir über den Kopf gestülpt hatten, wurde heiß und feucht von meinem Atem. „Ich gebe auf."

„Dann scheint ja immerhin noch ein bisschen Vernunft in dir zu schlummern", knurrte einer der Männer.

Ich überließ mein Gewicht den Händen, die mich von allen Seiten gepackt hielten. Der Sack über meinem Kopf roch wie die Achseln eines Hippies, und meine Nasenflügel flatterten, während ich meine Lippen angewidert zusammenpresste. Die Männer zogen meine Arme von meinem Körper weg. Fast wollte ich fragen, was sie vorhatten, aber ich widerstand dem Drang. Ich hätte laut schreien und so vielleicht die Aufmerksamkeit von Passanten erregen können, aber ich ahnte dunkel, dass das aussichtslos war.

„Haltet ihn gut fest", sagte einer der Männer. Ich verkrampfte mich, als meine Handgelenke schmerzhaft zusammengedrückt wurden. Da die Blutzufuhr zu meinen Händen innerhalb kürzester Zeit abgeschnürt war, spürte ich kaum die Klinge, die mir in die Mitte meiner Handfläche gebohrt wurde. Zuerst ein Druckgefühl, dann dumpfe Wärme.

Meine Lippen hielt ich fest verschlossen, aber mein Blick blieb an einem kleinen Loch im Sack hängen. Ich drehte meinen Kopf leicht – gerade weit genug, um den Beutel zu bewegen, aber nicht so weit, dass sie darauf aufmerksam würden – und konzentrierte mein linkes Auge auf die Öffnung. Ich konnte sehen, wie ein beschriftetes Papier an meine blutende Hand herangeführt wurde. Ein Vertrag.

Reflexhaft zuckte ich zusammen und zerrte meinen Arm weg, aber meine Bewacher waren vorbereitet. Sofort wurde ich zu Boden gestoßen. Zwei der Kerle hockten sich zu meinen Seiten hin, und ein Knie grub sich in meinen Rücken und nagelte mich fest. Meine Handflächen wurden schmerzhaft weit nach oben gedreht, kurz davor, unsauber zu brechen. Ich spürte den flüchtigen Kontakt mit Pergamentpapier auf meiner rechten Handfläche. Das war's.

Ich hatte gerade einen Vertrag unterzeichnet, gegen meinen Willen.

„Na, geht doch. Lasst ihn uns mitnehmen, dann können wir diese Tour hinter uns bringen."

„Ich brauche dringend einen Drink und einen Heiler", brummte ein anderer.

Ich wurde auf die Füße gestellt und meine Handgelenke wurden von einem harten Stück Plastik umschlossen – Kabelbinder. Das kannte ich bisher nur aus Filmen.

Ich zerrte meine Handgelenke auseinander, um mir mehr Spielraum zu verschaffen, falls ich ihn brauchen würde. Ich würde mich so schnell wie möglich aus dieser Situation herauskämpfen, mit oder ohne Kabelbinder.

Das einzig Gute an dem Sack über meinem Kopf war, dass er es deutlich einfacher machte, meine wahre Identität zu verbergen. Auch mein Sport-BH schien seinen Zweck zuverlässig zu erfüllen, immerhin war bei dem ganzen Gerangel niemandem etwas aufgefallen.

Dann wurde ich weitergeschleift, meine Füße berührten kaum den Boden. Die Männer um mich herum redeten miteinander, als ob ich gar nicht da wäre.

„Wohin als Nächstes?"

„Arkansas, Missouri, Illinois, Indiana und Ohio."

„Nicht Kentucky? Ich dachte, das ist Teil unserer Tour."

„Nein."

„Sollten wir Shamus nicht eine Minute geben, um seine Nase zu richten?"

„Wir sind spät dran. Das geht auch während des Flugs. Diese Rotzlöffel darf man eben nicht unterschätzen, das sollte er inzwischen wissen."

Ich runzelte die Stirn, wobei sich Schweißtropfen sammelten und meine Schläfe hinunterliefen.

Diese Rotzlöffel?

Bedeutete das, dass ich nicht die Einzige war, die sie aufgabelten? Darüber würde ich später nachdenken. Das weitaus größere Problem war, dass all diese Zwischenstopps viel Zeit kosten würden. Zeit, die ich nicht hatte.

Ich würde es nicht rechtzeitig zur Akademie schaffen, wenn ich mich nicht schleunigst befreite.

Die Stimme meiner Mutter tauchte in mir auf. Als ich mich einmal darüber beschwert hatte, dass Rory und Tommy mich ständig im Kämpfen besiegten, hatte sie erwidert: „*Geduld. Du musst nur den richtigen Moment abwarten, um zuzuschlagen. Wenn du deine Angriffe übereilst, hinkst du ihnen immer hinterher. Lass sie auf dich zukommen ... und in deine Fäuste rennen.*"

Mir wurde plötzlich bewusst, wie viele Ratschläge meiner Mutter eher brutal als liebevoll gewesen waren. Vielleicht hatte sie schon die ganze Zeit geahnt, dass die Akademie uns irgendwann holen würde.

Während ich in den Armen meiner Entführer vorwärtstaumelte, umspielte ein zartes Aroma meine Nase, sogar durch den groben Stoff hindurch. Es war der Geruch von Zuhause, von der Farm und noch etwas anderem, das ich nicht genau zuordnen konnte. Es roch nach Gewürzen und Vanille, und eine innere Ruhe stieg in mir auf.

Ich entspannte mich und wurde lockerer. Ich würde die passende Gelegenheit abwarten müssen. Die Hoffnung darauf, dass sie sich ergeben würde, durfte ich nicht verlieren. Und sobald sie kam, musste ich bereit sein, sie beim Schopf zu packen.

Ein wummerndes Dröhnen drang an meine Ohren. Es hörte sich an wie die Helikopter in den Kriegsfilmen, die Dad und Tommy so liebten. Bald war klar: Das hörte sich nicht nur so an – das *waren* die Rotorblätter eines Hubschraubers. Und ich wurde schnurstracks auf sie zugeführt.

Alle innere Ruhe war schlagartig verflogen. Meine Höhenangst hatte ich inzwischen ganz gut im Griff, wenn ich mich auf irgendeine Aufgabe konzentrierte. Aber die Vorstellung, mit einem überdimensionierten Mixer in den Lüften unterwegs zu sein – unter mir der Abgrund, über mir rasende Klingen –, stimmte mich nicht gerade euphorisch.

Plötzlich war ich mir nicht mehr sicher, ob ich dieses Kidnapping so entspannt über mich ergehen lassen konnte. Ich verlangsamte meine Schritte und stemmte die Beine in den Boden. Ich wurde einfach hochgehoben und weitergeschleift.

„Teufel nochmal, dieser Junge ist ganz schön schwer dafür, dass er so schmächtig ist", brummte einer meiner Träger. Ich holte mit dem Fuß aus und erwischte ihn am Oberschenkel. Er jaulte auf, ließ mich aber nicht herunter.

„Hör auf damit, Kleiner, oder wir werfen dich über Bord, wenn wir in der Luft sind", sagte der Mann auf meiner anderen Seite.

„Ja, sicher", schnauzte ich. Sie würden sich doch nicht dermaßen mit mir abrackern, nur um mich dann rauszuwerfen.

Das hoffte ich zumindest.

Die Rotoren wurden lauter, und ein starker Wind presste den Sack auf mein Gesicht. Durch das kleine Loch konnte ich einen flüchtigen Blick in das Innere des Hubschraubers werfen, und der Anblick ließ mir das Blut in den Adern gefrieren.

Ich sah ein Dutzend anderer Jugendlicher, auf der Seite liegend, über die Ladefläche des riesigen Hubschraubers verteilt. Viele krümmten sich – ob vor Schmerzen oder vor Angst, wusste ich nicht. Alle hatten die Hände auf dem Rücken gefesselt und Säcke über dem Kopf, genau wie ich. Sie lagen vollkommen unbefestigt in der Mitte der Ladefläche, ohne Gurte oder Griffe, an denen sie sich irgendwie hätten festklammern können. Als ob sie tatsächlich hinausgeworfen würden, sobald sie Ärger machten.

Ein hohles Gefühl breitete sich in meiner Magengrube aus.

„Setzt ihn da hinten ab, neben dem Mädchen in der letzten Reihe."

Ich wurde in den Hubschrauber gewuchtet wie ein Sack Kartoffeln. Die Rotorblätter des Hubschraubers nahmen Geschwindigkeit auf, und dann hoben wir ab. Die Türen standen immer noch offen.

Das war ein blanker Albtraum.

„Ist das euer Ernst?", schrie ich, während wir so schnell aufstiegen, dass ich auf den Boden gedrückt wurde. Übelkeit würgte mich.

„Du kommst wohl aus Texas. Das hört man dir an", sagte das Mädchen neben mir ganz ruhig über den Lärm hinweg. Merkwürdig – eigentlich hätte ich sie ohne Headset gar nicht hören dürfen. „Wusstest du, dass es in Texas Orte gibt, an denen die Zahl der Alligatoren die Zahl der Menschen übertrifft?"

Ich drehte meinen Kopf langsam zu ihr um. War das ihr Ernst? Wir waren gerade in einem fliegenden Hubschrauber wie Gepäck verstaut worden, und sie wollte über Alligatoren reden?

Durch mein kleines Guckloch sah ich, wie sie nickte, als ob sie meine Gedanken gehört hätte.

„Ein Alligatorangriff ist eine schreckliche Art, zu sterben. Es geht überhaupt nicht schnell. Zuerst ziehen sie dich unter Wasser, wobei sie dich normalerweise an einer Hand oder einem Fuß festhalten, was einen glauben lässt, man könnte entkommen. Natürlich stehen die Chancen darauf schlecht. Das schaffen nur sehr wenige, weißt du."

Grundgütiger, wie konnte ich sie nur dazu bringen, den Rand zu halten? Und wie konnte ich das alles überhaupt über das Dröhnen der Rotoren hinweg hören?

Magie. Die Stimme meines Vaters hallte in meinem Kopf nach. Nein, das war doch unmöglich ...

Das Mädchen fuhr fort, vollkommen unbeirrt. „Sobald sie dich unter Wasser haben, fangen sie an, sich zu wälzen und zu drehen, um dir im Idealfall eines deiner Glieder abzureißen. Dann lassen sie einen ausbluten, aber gleichzeitig ertrinkt man auch noch. Dieses Manöver nennt man Todesrolle. Passt perfekt, wenn du mich fragst."

Ich sah mich nach irgendetwas um, mit dem ich die Kabelbinder durchtrennen konnte. Ich versuchte, das Messer an meiner Hüfte zu erreichen, konnte mich aber nicht genug bewegen.

„Schließlich – und zu dem Zeitpunkt ist die Beute meistens noch am Leben", fuhr das Mädchen fort, „stopfen sie ihr Opfer in ihren Unterwasser-Futtervorrat. Sie bevorzugen in Sumpfwasser mariniertes Fleisch. Größtenteils verrottet. Um ehrlich zu sein, kann ich mir vorstellen, dass es dann zarter ist."

„Halt endlich den Rand!", schnauzte ich sie an. „Niemand will hören, wie Alligatoren Menschen fressen!"

„Ich will nicht sterben!", schrie jemand weiter vorne. Höchstwahrscheinlich ein Junge, dachte ich, aber bei einer derart panischen Stimme war das schwer zu sagen. „Bitte. Ich will nicht sterben!"

Ich presse meine Stirn an den Boden, das einzige feste Objekt in meiner Nähe. Konzentriert atmete ich durch die Nase ein. Warum hatte man die Türen offengelassen? Um uns Angst einzujagen? Oder hatten sie wirklich vor, uns hinauszuwerfen?

Ich zitterte und ertappte mich bei dem Gedanken, wie lange es wohl dauern würde, bis ich auf dem Boden aufschlug. Ich fragte mich, ob mir der Sack vorher vom Kopf fliegen würde, für einen letzten Blick auf die Welt da unten. Mist, das Gefasel des Mädchens hatte mir ganz schön zugesetzt.

„Der Tod lauert überall", sagte sie nun, und ihre Stimme nahm den monotonen Klang einer Nachrichtensprecherin an. „Aber es liegt an uns, ob wir ihn willkommen heißen oder gegen ihn ankämpfen. Ich persönlich bin dafür, ihn mit offenen Armen zu empfangen. Wir alle müssen sterben. Aber haben wir auch wirklich alle gelebt?"

„Halt die Klappe, Wally!", brüllte ich. „Halt einfach die Klappe!"

„Ich heiße nicht Wally–"

„Aber du klingst genau wie Walter Cronkite, der Fernsehreporter", sagte ich prustend und brach prompt in Gelächter aus. Es war das hysterische Lachen einer Hyäne, das sich seinen Weg aus meiner Kehle bahnte. Ich lag hier ungesichert in einem fliegenden Hubschrauber mit offenen Türen, während mein Kopf in einem Beutel steckte. Und das vom Tod besessene Mädchen neben mir hörte sich an wie ein Nachrichtensprecher. Das war doch nicht real. Es konnte nicht real sein.

Nur eines schien immer sicherer: Ich würde sterben.

Bei diesem Gedanken verging mir das Lachen. „Ich werde nicht sterben."

„Natürlich nicht", sagte Wally. „Und der Name ist gar nicht mal so übel. Ich denke, das wird von nun an mein Spitzname sein. Danke dafür."

„Ich will nicht sterben!", schrie jetzt wieder der panische Junge, als der Hubschrauber sich zur Seite neigte und uns in Richtung Tür schlittern ließ. Ich rutschte ein paar Zentimeter, konnte mich aber umdrehen und mein Gewicht auf den Hintern verlagern. Mit aller Macht stemmte ich meine Stiefel gegen den glatten Stahlboden, um irgendwie Halt zu finden. Neben mir hörte ich, wie ein Körper über das Metall glitt – es musste Wally sein.

Ich streckte ein Bein aus und fing sie mit dem Oberschenkel ab.

„Danke", sagte sie so ruhig, als hätte ich nichts weiter getan, als ihr eine Tür aufzuhalten. „So ein Sturz wäre mein Ende gewesen. Da bin ich mir ziemlich sicher."

Was du nicht sagst. Wieder entwich mir ein nervöses, ungläubiges Kichern. So jemanden konnte man sich echt nicht ausdenken.

„Oh nein!", schrie der Junge. Im Hintergrund hörte man wieder dieses ungute Geräusch eines rutschenden Körpers.

„Nein! Hilfe …!" Seine Stimme wurde höher, als ich es bei einem Jungen für möglich gehalten hätte. Ganz gleich, ob vor oder nach dem Stimmbruch.

Dann verschwand das Geräusch. Vermutlich zusammen mit seinem Körper.

„Oh mein Gott", flüsterte ich. „Er ist rausgefallen. Heilige Sch… *Er ist wirklich rausgefallen!*"

Seine Schreie hallten noch im Raum nach, verblassten und verschwanden schließlich. Aber dann kehrten sie seltsamerweise zurück, und zwar immer lauter. Als ob er jetzt über uns wäre und immer noch fiel. Auf uns zu.

„Nein!" Ein dumpfer Schlag erschütterte den Hubschrauber, gefolgt von einem Grunzen. „Oh Gott!"

Das war doch der Junge, der gerade rausgefallen war! War ich auf Drogen? Hatten die mir irgendwas gegeben, als sie mir in die Hand gestochen hatten?

„Oh Gott", wiederholte er atemlos. „Bin ich tot?"

Ich hörte ein Rollen, dann spürte ich, wie ein Körper gegen meinen stieß.

„Es tut nicht weh. Nein, es tut gar nichts weh. Heißt das, dass ich tot bin?" Seine Stimme wurde immer höher und steigerte sich zu einem schrillen Sopran. „*Bin ich tot?*"

Wally gluckste.

„Die Toten reden nicht. Also nein, du bist nicht tot. Das grenzt allerdings an ein Wunder, wenn man bedenkt, wie hysterisch du bist. Wundert mich fast, dass dein Herz noch nicht stehengeblieben ist. Musst 'ne ziemlich stabile Pumpe haben. Weißt du, wenn du in einem Fall aus dieser Höhe deine Endgeschwindigkeit erreicht hättest, dann hätten deine Knochen beim Aufprall deine Organe zerfetzt. Du wärst regelrecht explodiert. Unschön, aber effektiv, wenn man sicherstellen will, dass jemand stirbt. Nach so einer Verletzung gibt es so gut wie nichts mehr, was einen noch retten kann. Der Körper ist dann wirklich nutzlos."

„Wa... was?", stammelte der Typ. „*Was geht hier vo–*"

Ein dumpfes Geräusch unterbrach ihn. Ich zog an meinem Beutel und sah einen von den Männern in Pilotenbrille und Overall. Er hatte einen Schlagstock in der Hand.

„Was ist passiert?", fragte Wally.

„Er wurde ausgeknockt. Einer der Männer hat ihn niedergeschlagen", sagte ich.

„Schade. Ich fand seine Angst faszinierend."

Ich schüttelte langsam den Kopf. „Du bist wirklich seltsam."

„Natürlich bin ich das. Das bist du auch. Das sind wir alle."

„Seltsam hin oder her, ich falle hier jedenfalls nicht raus." Ich drehte mich auf den Bauch und drückte mich gegen den Boden. Hinter mir fand ich eine Spalte, in die ich meine Stiefelspitze grub. Ich wusste nicht, wie sie den Sopranisten zurückgeholt hatten, aber ich ging nicht davon aus, dass sie für mich dasselbe tun würden. Ich war mir ziemlich sicher, dass ich auf ihrer schwarzen Liste stand.

Der Druck, den ich plötzlich an meiner Seite spürte, sagte mir, dass Wally meinem Beispiel folgte. „Ich mag dich", sagte sie.

„Danke?"

„Ich glaube, ich bleibe in deiner Nähe. Ich habe das gute Gefühl, dass du stark sein wirst."

Mein Gesicht verzog sich unter dem Sack zu einer angestrengten Grimasse. „Ich Glückspilz."

Aber merkwürdigerweise war irgendetwas an Wally beruhigend. Ihr geballtes Wissen über all die Weisen, wie man sterben konnte, war ziemlich krank – und dennoch störte mich ihr Gerede immer weniger. Eigentlich störte es mich jetzt schon nicht mehr. Nicht wirklich. Vielleicht war Wally gar nicht mal so übel. Zumindest lenkte mich ihr

Geplauder ab, während wir landeten – und ein neues Opfer zu uns geworfen wurde. Ebenfalls mit einem Sack über dem Kopf, soweit ich das durch mein Guckloch erkennen konnte. Im Gegensatz zu mir setzte sich aber keiner der anderen Gefangenen gegen die Kidnapper zur Wehr. Warum nicht? Wussten sie etwas, was ich nicht wusste?

Trotz Wallys ununterbrochenem Geplapper konnte ich einen Gedanken nicht abschütteln. Eine Szene spielte sich wieder und wieder vor meinem inneren Auge ab: Wie ich mich bei Dad entschuldigen würde. Bei Sam und Billy. *Es tut mir so leid. Ich hab's vergeigt. Ich hab's einfach nicht rechtzeitig zur Großen Auslese geschafft. Es tut mir so leid.*

Wir landeten insgesamt noch fünfmal. Ich ging die Bundesstaaten in meinem Kopf durch, die der Wachmann genannt hatte. Arkansas, Missouri, Illinois, Indiana und Ohio. Wir waren nicht mehr weit von New York entfernt, aber wie nah dran waren wir genau? Selbst wenn ich irgendwie entkam, würde ich nicht mehr pünktlich ankommen.

Spätestens nach dem dritten Stopp dachte ich aber an nichts anderes mehr als daran, die Kabelbinder loszuwerden und zu pinkeln. Meine Handgelenke waren taub, aber meine Blase war sensibler denn je, und jede Erschütterung der Ladefläche machte die Situation nur noch schlimmer.

„Ich glaube, wir sind fast da", sagte Wally und unterbrach damit ihren Monolog über kleinste, durch Papier verursachte Schnittwunden, die sich infizieren und bei wenigen Menschen zu Wundbrand führen konnten – ein zwar besonders unwahrscheinliches, dafür umso bedauernswerteres Szenario. Nicht gerade ein heldenhafter Tod.

„Fast wo?"

„Das weißt du nicht?" Sie klang aufrichtig überrascht. „Das weißt du *wirklich* nicht?"

Der Hubschrauber sank plötzlich so stark ab, dass für einen kurzen Moment Schwerelosigkeit herrschte. Für den Bruchteil einer Sekunde wurden wir alle in die Luft geworfen, was meinem Magen gar nicht guttat. Als ich zurück auf dem Boden aufprallte, war mein Puls völlig außer Kontrolle. Jetzt war nicht der richtige Zeitpunkt, um Wally weiter auszufragen. Genau genommen ahnte ich inzwischen auch, was das Ziel dieser Spritztour war. Es war dumm von mir gewesen, nicht früher darauf zu kommen. Leute, die eine Familie bedrohten, würden wohl kaum vor brutalen Entführungen zurückschrecken. Das mussten Männer von der Akademie sein, die mich eingesackt hatten.

Wie nett von ihnen, sich um die Anreise zu kümmern.

KAPITEL 8

Ein lauter Knall drang durch den Hubschrauber, als wäre ein riesiger Ballon geplatzt. Meine Sinne wurden plötzlich vom Dröhnen der Rotorblätter überwältigt. Irgendetwas musste bis jetzt die Geräuschkulisse verändert haben. So, dass wir uns oben in der Luft ohne Headsets hatten verständigen können. Aber damit war es jetzt vorbei, und es blieb nichts als Lärm und Dunkelheit übrig. Zum Glück war ich durch das winzige Guckloch, das während der Fahrt meine Rettung gewesen war, nicht völlig verloren.

Etwas Hartes drückte sich in meinen Rücken. Ein Knie. Der grobe Sack wurde mir vom Kopf gerissen, und das gleißende Licht um mich herum überforderte mich mindestens genauso wie die Geräuschkulisse. Blinzelnd versuchte ich, mich zu orientieren, und duckte mich instinktiv, als an meinen Handgelenken gezerrt wurde.

Meine Hände kamen frei, waren bis auf ein Kribbeln aber immer noch taub. Starke Finger gruben sich in meinen Oberarm.

„Zeit, uns zu zeigen, aus welchem Holz du geschnitzt bist." Ich hörte die Worte trotz des Lärms ganz deutlich, als wären sie direkt in mein Ohr gesprochen worden. Als ich die Stimme erkannte, zuckte ich unwillkürlich zusammen.

Ich richtete mich abrupt auf. Tatsächlich: Immer noch kleiner als ich und mit einer stahlharten Hand stand da mein alter Bekannter.

Mr. Koteletten.

„Was machen Sie denn hier?", fragte ich und klang dabei maximal uncool. Etwas Besseres war mir allerdings nicht eingefallen. Das hier war offensichtlich sein Werk, und die grobe Behandlung war höchstwahrscheinlich ihm zu verdanken.

Mein alter Bekannter schleifte mich an den anderen Jugendlichen im Hubschrauber vorbei. Meine Füße blieben immer wieder an deren Gliedmaßen hängen und ich verlor mein Gleichgewicht. Schreie und Seufzer wurden durch den Lärm des Hubschraubers auf ein ersticktes Gejammer reduziert. Er hob mich an und zerrte mich zur offenen Tür, sodass meine Füße in der Luft baumelten, während wir zur Landung ansetzten.

Mir fiel die Kinnlade herunter. Vor uns waren bereits fünf andere große Armeehubschrauber gelandet, und über uns kreisten noch drei weitere. Vor uns erstreckte sich eine riesige, knapp sieben Meter hohe Steinmauer. Sie war mit Efeu bewachsen und nur stellenweise von dicken Metalltoren durchbrochen, fünf an der Zahl. Über jedem Tor lauerten Wachen, die den Landstrich unter ihnen genau im Auge behielten. Sie standen betont aufrecht, teilweise mit Gewehren bewaffnet. Jeder von ihnen schien für einen bestimmten Abschnitt der Mauer zuständig zu sein.

Wieder zuckte ich ungewollt zusammen. Aus irgendeinem Grund machten mich die unbewaffneten Wachen nervöser als die mit den Gewehren.

Jugendliche taumelten aus den bereits gelandeten Hubschraubern, fielen in den Dreck und rieben sich die Handgelenke. Andere standen in Schlangen oder in Gruppen zusammen und wurden gelegentlich von Männern und Frauen, die wie der Koteletten-Typ gekleidet waren, in diese oder jene Richtung geschubst.

Aber das alles war nichts gegen die Erkenntnis, dass die Sonne sich kaum bewegt hatte, seit ich am Flughafen entführt worden war. Gefühlt hatte ich einen Tagestrip hinter mir, aber der Stand der Sonne sprach dafür, dass es nicht mehr als ein paar Stunden gewesen sein konnten.

Magie.

In der Ferne erscholl das Gebrüll einer Bestie, noch lauter als der Lärm der Hubschrauber. Ein eisiger Schauder durchrann mich.

„Was ist das für ein Ort?", murmelte ich, als der Hubschrauber sich absenkte.

„Deine Zukunft. Oder dein Grab", sagte mein Koteletten-Freund, der mich irgendwie gehört hatte. Er stieß mich an, dass ich fast zur Seite fiel. „Du hast die Wahl."

„Offenbar nicht. Immerhin haben Sie mich entführt und mit Gewalt hierher gebracht." Ich gönnte ihm die Genugtuung in seiner Stimme nicht, darum musste ich ihm Widerworte geben. Was wollte er schon machen, mich erneut entführen?

„Anpassungsfähigkeit ist die wichtigste Lektion, die einer wie du lernen muss." Er bugsierte mich aus dem Hubschrauber hinaus und zu einem Tisch, der von staunenden Teenagern umgeben war, die alle benommen blinzelten.

„Einer wie ich?"

Er schob ein Mädchen mit glattem blondem Haar zur Seite, dann stieß er einen schlaksigen Jungen in die andere Richtung, um einen Platz am Tisch frei zu machen. Meine Mitgefangenen stolperten jetzt aus unserem Hubschrauber und landeten nacheinander auf dem staubigen Boden. Anscheinend garantierte mir der Groll des Kotelettenmanns eine Sonderbehandlung. Wie schön für mich.

„Du solltest dich zusammenreißen, sonst bist du schneller tot, als du nach deiner Mama rufen kannst", knurrte er.

„Ah." Ich nickte, als er mich gegen die Tischkante drückte. „Wie wortgewandt Sie sind. Ein Poet geradezu."

Er griff in eine große Tasche an seiner Seite und zog eine Cappy heraus – meine Cappy! Ich konnte mich nicht einmal daran erinnern, sie verloren zu haben. Er klatschte sie mir auf den Kopf und zog sie straff herunter. Erst jetzt fiel mir ein, dass er sich über meine wahre Identität im Klaren sein musste. Wie konnte es auch anders sein? Er hatte mich ja am Vortag mit langen Haaren gesehen. Aber wenn er wusste, dass ich es war und nicht Billy, warum um alles in der Welt spielte er dann mit? Mir wurde schlecht vor lauter Anspannung und Verwirrung.

„Johnson, Billy", bellte mein Bewacher seine Tischnachbarin an, eine Frau mit einem ebenso harten Gesicht wie er. Auch sie hatte diesen Kiefer, der aussah, als könnte man damit Holz hacken.

Sie richtete ihren Blick erst auf mich, dann auf ihren Computer. Ihre grellrot lackierten Finger hämmerten so schnell auf die Tastatur ein, dass sie vor meinen Augen fast unscharf wurden. Die Teenager um uns herum nahmen unauffällig Abstand, ihre verstohlenen Blicke streiften immer wieder Mr. Koteletten. Er machte die Leute eindeutig nervös.

„Er ist ziemlich jung für die Auslese. Haben Sie eine Sondergenehmigung?", fragte sie gelangweilt.

Ach was, ‚Billy' war also zu jung. Alle Jugendlichen, die sich auf dem Abschnitt zwischen den Hubschraubern und der imposanten Mauer aneinanderdrängten, sahen aus wie frischgebackene Highschool-Absolventen. Sie waren in meinem Alter. Das Alter, in dem auch Tommy gewesen war, als er dieses Abenteuer angetreten hatte.

„Das ist geklärt, alle Genehmigungen sind erteilt", log Mr. Koteletten, ohne mit der Wimper zu zucken.

„Was haben Sie eigentlich gegen meine Familie?", hörte ich mich sagen. Ich hatte nicht vorgehabt, die Frage laut zu stellen.

Die Frau warf einen Blick auf ein kleines Gerät, dessen blaue Signallampen genau in diesem Moment aufleuchteten. Es lag neben ihrem Computer, auf den sie jetzt eindringlich hinunterstarrte.

„Ich nichts", sagte der Koteletten-Typ mit tiefer Stimme, nur für mich hörbar. „Aber unsere Welt? Das ist eine komplizierte Angelegenheit mit dir und deiner Familie."

Mir blieb keine Zeit, um diese Antwort zu verarbeiten. Die Frau riss ein Stück Papier ab, das von dem Gerät ausgespuckt wurde, und reichte es über den Tisch. Es war ein Etikett mit Billys Namen. Darunter war das Wort ‚Schemen' gedruckt.

Mein Kotelettenfreund schnappte es sich, dann packte er mein Handgelenk mit der Uhr und reichte meinen ganzen Arm zu der Frau hinüber. Um nicht gleich meinen Arm zu verlieren, musste ich nachgeben und meinen Oberkörper verrenken. Während ich seitlich übergebeugt dastand, löste Mr. Koteletten die Klebefolie ab und klatschte mir das Namensschild direkt auf die Brust. Seine Hand blieb einen Augenblick dort ruhen, bevor er sie wegzog.

Einen herzzerreißenden Moment lang stand die Zeit still, und ich starrte mich selbst in seiner Fliegerbrille an. Ich wusste, dass sein Blick hinter diesen Gläsern direkt auf mich gerichtet war. Einen wummernden Herzschlag später fragte ich mich, ob er meine abgebundene Brust hatte fühlen können. Für einen Jungen war ich sehr schmächtig, obwohl ich quasi nur aus Muskeln bestand – aber auf keinen Fall konnte dieser kleine schwammige Bereich als Brustmuskel durchgehen. Der Sport-BH hatte sie zwar plattgedrückt, aber es waren immer noch Brüste, und sie waren mit keinem Körperteil eines Mannes vergleichbar. Ein Typ wie Mr. Koteletten kannte bestimmt der Unterschied. Trotz der wenig schmeichelhaften Gesichtsbehaarung und den kantigen Falten, die er von seiner dauerfinsteren Miene bekommen hatte: Er war ein attraktiver Mann, der sicher viele Frauen abbekam. Weibliche Anatomie war für ihn bestimmt kein Fremdwort. Oder männliche, wenn das eher sein Ding war.

Spätestens jetzt wusste er, wer ich wirklich war. Also warum, zum Teufel, spielte er mit?

Die Ungewissheit machte mich verrückt.

Es verging eine gefühlte Ewigkeit, bis eine Maschine im Hintergrund piepte. Meine Uhr vibrierte am Handgelenk. Weiter hinten hoben drei Hubschrauber wieder ab und ließen ihre menschliche Fracht zurück.

„Das wäre alles", sagte die Frau.

Mr. Koteletten packte mich wieder am Arm und zerrte mich zurück in Richtung des Hubschraubers, der mich abgesetzt hatte. Die Ladefläche war nun leer. Der Hubschrauber zitterte, bevor er sich in die Lüfte erhob.

„Pass auf", raunte mir Mr. Koteletten zu und zog mich an einem Tor vorbei, an dem eine Gruppe von Jugendlichen mit Namensschildern wartete. Sie zappelten regelrecht vor Aufregung. Ein paar von ihnen grinsten, was hier völlig fehl am Platz zu sein schien.

Er führte mich zum letzten Tor, und auf dem Weg erkannte ich, dass etwas mit dem Efeu an den Mauern nicht stimmte. Zentimeterlange Widerhaken bedeckten die Ranken, und die Blätter waren gezackt. Sie kratzten abschreckend an der Betonwand. Das Geräusch, das dabei entstand, erinnerte mich an quietschende Kreide. Ich biss die Zähne zusammen.

Mein Bewacher blieb schließlich bei einer Gruppe junger Anwärter stehen. Er ließ mich los, wich aber nicht zurück.

„Deine Stärke war schon immer, dich unter Druck anzupassen", sagte er. „Das hier ist nichts anderes. Pass dich an und hör auf dein Bauchgefühl. Vertrau deiner Intuition und stell dich nicht gegen deine Natur. Tu alles, was nötig ist, um am Leben zu bleiben. Immer. Das ist deine einzige Chance."

Ich starrte ihn nur stumm an. Die anderen wichen mit aufgerissenen Augen vor uns zurück, als wären sie Schafe, die einen Wolf in ihrer Mitte entdeckt hatten.

Seine Ratschläge klangen, als würde er mich kennen. Als wäre er ein Trainer, der seine Starspielerin vor einem großen Kampf an die vereinbarte Taktik erinnerte. Ob ich wollte oder nicht, seine Worte berührten mich irgendwo tief drinnen. Ich spürte ihre Wahrheit. Ihre Schärfe. Ich wusste, dass ich seinem Rat folgen sollte.

„Bleib stark", sagte er und blickte auf das große Eisentor vor uns. „Und bleib hier. Solange dein Verstand noch damit beschäftigt ist, die Situation zu verarbeiten, wird das hier die einfachste Route für dich sein."

Er nickte, als hätte ich zugestimmt, und schritt dann mit geraden Schultern und hoch erhobenem Kopf davon. Ängstliche Jugendliche wichen respektvoll vor ihm zurück.

„Was war *das* denn?", murmelte ich vor mich hin.

Ich bemerkte kaum, wie ein zierliches Mädchen mit großen braunen Augen und dichten schwarzen Wimpern neben mir auftauchte. Auch sie blickte dem Kotelettenmann nach.

Mit ihrer ungewöhnlich monotonen Stimme, die mich so sehr an einen Nachrichtensprecher erinnerte, sagte Wally: „Das Leben ist endlos, wenn man nur die richtigen Leute kennt."

Plötzlich war ich von anderen Jugendlichen umringt, und eine Bewegung am oberen Ende der Mauer erregte meine Aufmerksamkeit. Ein riesiger Wolf strich auf der Mauer umher und schaute auf die Jugendlichen herab, die sich vor dem Tor versammelt hatten. Er ging an einer in schwarzen Stoff gehüllten Person vorbei, die ein großes Messer am Gürtel trug. Auf der anderen Seite ragte eine Schwertscheide hervor, die Waffe war griffbereit auf ihrem Rücken befestigt. Der Wolf reagierte nicht auf diese

Person. Und auch sie schien sich nicht dafür zu interessieren, dass er sich anpirschte.

„Was geht hier vor?", hauchte ich. Mein Herz schlug schneller. Wölfe ignorierten Menschen nicht einfach so, selbst wenn sie sich gut kannten.

„Hallo." Das schmächtige Mädchen trat vor und streckte mir die Hand entgegen. Ihr Kopf reichte kaum bis zu meinem Kinn. „Ich bin Drexia", sagte sie und wich für einen Moment von der einschläfernden Tonlage ab, mit der sie ihr unnützes Wissen zum Besten gab. „Ich bin nach meiner geliebten Oma benannt, Gott hab sie selig. Meine Freunde nennen mich Wally."

Ich konnte mir ein Lächeln nicht verkneifen. „Und ich dachte, ich wäre der Erste, der dich Wally nennt. Eben im Hubschrauber."

„Ja", sagte sie.

Das bedeutete wohl, dass wir jetzt Freunde waren. Ich hob fragend die Augenbrauen, unsicher, wie das Gespräch weitergehen sollte. Zu sagen, dass sie ein seltsamer Vogel war, wäre eine Untertreibung gewesen.

Der letzte Hubschrauber hob vom Boden ab und gab den Blick auf das Panorama im Hintergrund frei. Sanfte, bewaldete Hügel, so weit das Auge reichte. Häuser oder befestigte Straßen konnte ich nirgends entdecken. Wir waren also voll und ganz den Leuten ausgeliefert, die diese Show veranstalteten.

„Und wie heißt du?", fragte Wally und streckte mir erneut ihre Hand entgegen.

„Wild." Ich schnitt eine Grimasse und räusperte mich. Mit tieferer Stimme versuchte ich es noch einmal: „Eigentlich Billy. Ich heiße Billy."

„Wild. Das gefällt mir besser. Hi, Wild." Sie ließ ihre Hand nicht sinken.

„Hey." Ich nahm ihre Hand und musste einen festen Händedruck nicht erst vortäuschen. Wenn man eine Farm leitete, hatte man viel mit Männern zu tun, und in deren Welt sagte ein Händedruck viel über eine Person aus. Ich hatte schnell gelernt, fest zuzugreifen. Ein schlaffer Händedruck war in Texas fatal.

Das tiefe Brüllen, das ich vorhin schon gehört hatte, erschütterte erneut den Boden und ließ meine Zähne klappern. Es war immer noch in weiter Ferne, aber nicht weniger laut. Der Wolf oben auf der Mauer schlich in die entgegengesetzte Richtung davon, und obwohl ich ihn nicht gut sehen konnte, fühlte es sich an, als ob seine Augen auf mich herabstarrten.

„Der Tyrannosaurus Rex, oft auch T-Rex genannt, lebte vor etwa achtundsechzig bis sechsundsechzig Millionen Jahren im heutigen Westteil von Nordamerika", sagte Wally, während sie sich neben mich stellte.

Ein rothaariger Junge, den ich innerlich wegen seiner Sommersprossen sofort *Freckles* taufte, drängte sich an meine andere Seite.

„Warum hat der Sandmann dich hier abgeliefert?", fragte Freckles, während Wally weiter über T-Rexe und ihre Essgewohnheiten schwadronierte wie ein kaputter Roboter.

„Der Sandmann?", fragte ich und behielt weiterhin den Wolf im Auge, der oben schon wieder an uns vorbeizog. „Was ist ... Warum ... Habe ich Halluzinationen?"

„In diesem Jahrhundert gab es bis heute noch keinen Todesfall durch Zerfleischen, wie es beim Zusammentreffen mit einem T-Rex erwartbar wäre", sagte Wally inmitten des nervösen Geplauders um uns herum.

„Ja, der Sandmann", sagte Freckles. Anscheinend bemerkte er nicht, dass auch jemand anderes mit mir redete.

Es war ein Wunder, dass ich mich überhaupt auf irgendetwas anderes konzentrieren konnte als auf dieses riesige Raubtier, das die Mauern patrouillierte.

„Er hat mehr Tötungen vorzuweisen als jeder andere seines Schlags. Gerüchten zufolge ist er Millionär wegen all der hochdotierten Aufträge, die er über die Jahre angenommen hat. Aber er macht inzwischen nicht mehr so viel, weil er gelangweilt ist. Er braucht größere Herausforderungen. Deshalb ist er Lehrer am Haus der Schemen geworden. Es wird gemunkelt, dass er seine eigene Armee aufbaut. Dieses Jahr soll er wohl das erste Mal Leute dafür anwerben. Hat er dir irgendwas davon erzählt?"

„In diesem Jahrhundert", sagte Wally und spielte mit einem Knopf an ihrem Pullover, „hat der Sandmann bis heute über tausend Menschen in den ewigen Schlaf versetzt. Das sind die Tötungen, von denen wir wissen. Er ist das gefährlichste Mitglied im Haus der Schemen. Den Schülern jagt er Angst ein, und zwischen der Schulleiterin und der Fakultät hat er für heftige Diskussionen gesorgt."

„Ja. Genau der", sagte Freckles. „Kennst du ihn?"

„Er hat gedroht, meine Familie umzubringen, falls ich nicht auftauchen sollte", sagte ich.

Ich ließ meinen Blick an der Wand entlangschweifen, bevor ich mich auf die Zehenspitzen stellte. Gute ein Meter achtzig brachen vielleicht keine Rekorde in Sachen Körpergröße, selbst für ein Mädchen. Aber sie waren in der Regel genug, um über eine Menschenmenge hinwegzusehen. Vor allen fünf Toren scharten sich Jugendliche. Ein paar von ihnen warteten näher an der Mauer, aber die meisten standen dicht gedrängt zusammen. Sie zappelten auf eine Art und Weise, die verriet, dass sie hinter der Mauer nichts Gutes vermuteten. Sie strahlten Unsicherheit aus. Und Angst.

„Oh." Freckles nickte, als würde meine Antwort einen Sinn ergeben. „Dann standest du wohl auf der Liste der ‚schweren Fälle' und hattest das Pech, an ihn zu geraten. Viele Leute dachten, er sei kein geeigneter Anwerber für das Haus der Schemen, weil es ihm an Verführungskünsten mangelt. Offensichtlich hat er einen anderen Weg gefunden, der ihm mehr liegt."

Ich runzelte die Stirn, während ich auf Freckles herabblickte. Was er sagte, war nicht unlogisch, aber seine Ausdrucksweise verwirrte mich.

„Häh?" war alles, was ich hervorbrachte.

„Ja, wahrscheinlich hat er dich persönlich hergeschleppt, um irgendetwas zu beweisen. Mann, ist das ätzend." Freckles schüttelte den Kopf und verlagerte sein Gewicht von einem Fuß auf den anderen.

Oben auf der Mauer lief nun eine athletische, schöne Frau entlang. Ein heiteres Lächeln zierte ihr Gesicht, in der Hand hielt sie einen Stock.

„Dieser Ort ist unheimlich genug", fuhr Freckles fort. „Ich kann mir gar nicht vorstellen, wie es wäre, sich auch noch um seine Familie Sorgen machen zu müssen."

„Das Haus der Wunder", sagte Wally, als sie ebenfalls die schöne Frau erblickte, und ihre Stimme nahm wieder diesen monotonen Tonfall an. „Hüte dich vor dem, was betört und entzückt, denn unter dem Gewand des Magiers lauert eine Klinge."

„Was ist das hier für ein Ort?", fragte ich, während die schöne Frau an der schwarz gekleideten Wache vorbeizog. Die Wache war so reglos, dass ich sie fast übersah. Fast.

Wally sah mich an. „Haben dir deine Eltern gar nichts erzählt? Ich habe mich schon im Hubschrauber über dich gewundert ... diesem unsäglichen Ungetüm aus Metall, das nicht zum Fliegen bestimmt ist."

Ich schüttelte den Kopf. „Nein, das müssen sie in ihren Gute-Nacht-Geschichten vergessen haben."

„Sie haben dir nichts erzählt?", fragte Freckles und sah mich ebenfalls an. „Warum nicht?" Er legte mitfühlend den Kopf schief. „Hielten sie es für Schummeln, dich vorzubereiten? Mein Vater ist auch vom alten Schlag und wollte, dass ich das Ganze blind durchmache – so wie er damals. Er meint, dass das einen Mann aus mir machen würde. Aber meine Mom hat mich über alles aufgeklärt, was uns erwartet. Keine Sorge. Ich helfe dir, Mann."

„Aufgepasst, alle zusammen", rief die schöne Frau oben auf der Mauer. Obwohl ich sie kaum sehen konnte, hörte ich ihre Stimme in absoluter Deutlichkeit. „Achtung, bitte."

Das Geschnatter verstummte. Ein paar Finger hoben sich, um auf sie zu zeigen.

Die Frau lief weiter die Mauer ab, bis sie ungefähr über dem mittleren Tor stand.

„Willkommen zur diesjährigen Großen Auslese." Sie hob ihre Hände zum Himmel, und um mich herum jubelten einige. „Hier werden wir eure Standhaftigkeit prüfen. Eure Stärke. Eure Schnelligkeit. Euer Können. Hier werdet ihr erfahren, ob ihr das Zeug dazu habt, in

Shadowspell, der Akademie der Schatten, aufzusteigen! Oder ob ihr zu einem ... niederen Leben verdammt seid."

Shadowspell? Wirklich? Sie schreckten nicht vor Erpressung und Entführungen zurück, und dann gaben sie sich einen so albernen Namen?

Ihrer Ansprache folgte eine Welle von Gemurmel. Füße scharrten auf dem Boden, die Leute drängten sich enger zusammen. Die Aufregung war spürbar.

„Ich hoffe wirklich, dass ich es schaffe", sagte Freckles leise. „Mein Vater meinte, er würde mich enterben, wenn nicht. Ich schätze, er hat nur Witze gemacht, aber ..." Freckles' Stimme senkte sich zu einem Nuscheln. „Ich bin mir ziemlich sicher, dass das ein Scherz war ..."

„Acht von zehn schaffen die erste Etappe der Auslese", sagte Wally, die immer noch den obersten Knopf ihres Pullovers bearbeitete, während sie die Frau auf der Mauer beobachtete. „Nieten und körperlich Unbegabte scheiden oft vorzeitig aus. So wird gewährleistet, dass nur körperlich fitte Magier zur Akademie gelangen. Denn die Akademie laugt dich aus. Sie verbiegt dich. Und schließlich bricht sie dich. Einer von elf verlässt die Prüfung, weil er die Notbremse zieht, und fährt armselig und mit hängendem Kopf nach Hause. Der Rest wird zum Gehen gezwungen, unbrauchbar und mittellos, nur gut für ein Halbleben unter den Normalen. Für immer bekannt als Abbrecher und Versager. Als Niedere."

„Wow. Du bist 'ne echte Spaßbremse", murmelte Freckles zu Wally. „Wie kommt man überhaupt auf solche Zahlen?"

Wallys Stimme wurde tiefer. „Du wählst nicht die Akademie. Die Akademie wählt dich."

„Was zum Teufel?" Freckles lehnte sich an mir vorbei, um einen besseren Blick auf Wally zu werfen.

Wie Mr. Koteletten – *der Sandmann* war ein viel zu cooler Name für diesen Kerl – es vorhergesagt hatte, kamen meine Gedanken kaum hinterher. Eine magische Akademie? Auftragskiller? Mauerlaufende Superwölfe? Als mir mein Vater von Magie erzählt hatte, hatte ich kein Wort geglaubt.

Aber bei all dem, was ich jetzt vor mir sah – wie konnte ich nicht?

Ich war nicht bereit für so etwas. Verdammt nochmal, ich *war* ein gewöhnlicher Mensch. Immer schon gewesen.

Die Stimme meiner Mutter erklang in meinen Ohren: *„Es gibt überall Magie um uns herum, Wild. Überall. In allem. In dir. Menschen werden von dir angezogen wie Motten vom Licht. Du* *bist dafür geboren, auf dem Wind zu reiten, mein Liebes. Also reite ihn. Deine Zeit wird kommen."*

Das hatte sie gesagt, als ich in ziemlichen Schwierigkeiten gesteckt hatte. Ich hatte nämlich meinen Bruder und Rory dazu überredet, mit mir in den Stall eines Nachbarn einzubrechen. Ich war mir sicher gewesen, dass wir gemeinsam den alten, übellaunigen Ochsen mit dem einzelnen Horn würden zähmen können. Es hatte uns beinahe das Leben gekostet. Dad war zu wütend gewesen, um sich mit mir zu befassen, also hatte er mich an meine Mutter weitergegeben, damit sie mich ausschimpfen und sich eine Strafe überlegen konnte.

Sie hatte sich gegen eine Strafe entschieden. Tommy hatte sich aufgeregt, und sogar Rory war enttäuscht gewesen, denn beide hätten gewollt, dass ich den Hintern versohlt bekäme. Schließlich hatte ich sie davon überzeugt, mitzukommen. Stattdessen war niemandem die Schuld gegeben worden, auch ihnen als Mitläufern nicht.

Als Mom das mit der Magie gesagt hatte, wäre ich nie auf die Idee gekommen, dass sie buchstäblich *Magie* meinte. Und doch stand ich hier mit einem Haufen Leute, die diese Vorstellung anscheinend mit der Muttermilch aufgenommen hatten.

„Verabschiedet euch von der Außenwelt", fuhr die Frau fort, ihr Haar wehte dramatisch hinter ihr, als wäre sie ein Model vor einem Ventilator. Sie lächelte. Aber es war ein falsches Lächeln, das eine schimmernde Klinge verbarg, wie Wally gesagt hatte. „Handys sind hier nutzlos. Es wird keine Computer geben, keine sozialen Medien, kein GPS. Nichts als euren eigenen Mut und eure Standhaftigkeit. Die ausgeteilten Uhren werden uns dabei helfen, euren Fortschritt im jeweiligen Prüfungsabschnitt zu überwachen. Wer diese Uhr abnimmt, hat seine Zeit hier verwirkt. Wer es bis zum Ende schafft, erhält die volle Punktzahl. Wer sich das Gold schnappt, erhält einen Bonus. Und wie immer gilt: Bleibt bei euren Freunden, aber bleibt euren Feinden noch näher. Wir sehen uns auf der anderen Seite."

Sie schlenderte zur Seite und hielt ihren Stock in die Luft. Mit einem Zucken ihres Handgelenks öffneten sich die schweren Metalltore vor uns. Stück für Stück gaben sie den Weg ins Innere frei. Das Geräusch von ächzendem Metall untermalte das Brüllen des mysteriösen Wesens, das Wally für einen T-Rex zu halten schien. Die Leute drängten sich hinter mir, aber niemand versuchte, nach vorne zu gelangen. Auch an den anderen Toren herrschte Zögern.

Dieser kaum wahrnehmbare Geruch, den ich heute schon einmal gerochen hatte, erfüllte die Luft. Dreck und Schweiß und Vanille. Ein Geruch von Heimat und Behaglichkeit. Von Prügeleien und Aufruhr.

Ein Grinsen zog über mein Gesicht, und ich klammerte mich an die Worte meiner Mutter.

‚Du bist dafür geboren, auf dem Wind zu reiten, mein Liebes.'

KAPITEL 9

„Wie lautet der Plan?" Ich packte Wally mit der einen Hand, Freckles mit der anderen und marschierte auf das Tor zu. Ich wäre lieber zur Hölle gefahren, als das hier alleine durchmachen zu müssen. Und die beiden schienen zu wissen, was uns erwartete. Gemeinsam waren wir stärker. So wie in meiner Kindheit mit Tommy und Rory.

„Okay." Freckles joggte neben mir her, um mit meinen längeren Beinen Schritt zu halten. „Die Person, die diesen Abschnitt leitet, gehört offensichtlich zum Haus der Schemen. Die ganze Strecke ist diesem Haus gewidmet. Wenn der Sandmann dich rekrutiert hat, dann bist du hier wahrscheinlich in deinem Element."

„Du hast gesagt, die töten Menschen. Glaubst du etwa, das ist meine Spezialität?", fragte ich ungläubig.

„Wandelnde Datenspeicher zu schaffen ist meine", sagte Wally.

„Bah, du bist doch keine Nekromantin, oder?", keuchte Freckles Wally an. „Genau so etwas würde einer von denen sagen. Leichen sollten nicht benutzt werden, um Informationen zu beschaffen. Das gehört sich nicht. Es ist nicht in Ordnung."

„Es hat etwas Beruhigendes, von den Toten aufzuerstehen", erwiderte Wally, während sich das Tor vor uns weiter öffnete. Wir waren fast am Eingang und führten die Meute der weniger eifrigen Teilnehmer an.

„Oh nein, das ist *alles andere* als beruhigend", sagte Freckles.

Ein kaum wahrnehmbares Warnsignal lenkte mich ab. Es blitzte in meinem Kopf auf und rann meine Wirbelsäule hinunter.

„Als verrottende Leiche zurückzukommen, nachdem man gestorben ist, ist *ganz und gar nicht beruhigend!*", sagte Freckles.

„Wartet", sagte ich und wurde langsamer, als wir die Schwelle zum offenen Tor erreicht hatten. Ich schnappte mir Wally und zerrte sie an den Rand. Freckles stellte sich hinter uns.

„Was ist denn los?", flüsterte Wally.

Ein schmaler Pfad führte vom Tor zu einem dichten Wald aus Mammutbäumen. Grünes Gras wuchs zwischen verworrenem Unterholz und dem einen oder anderen Strauch, in dem sich Füße leicht verheddern konnten.

Die Leute hinter uns wurden langsamer, und ich spürte, wie sie darauf warteten, dass jemand anderes den ersten Schritt machte. Warum auch nicht? Wir liefen hier auf ein Gelände mit verdammten Raubtieren zu, die offenbar dafür bekannt waren, Menschen zu töten.

Ich nahm Wallys Handgelenk, wie ich Tommys immer genommen hatte – halb, um ihm Mut zu machen, und halb, um *mir* Mut zu machen. Der Gedanke an ihn weckte bitteren Schmerz. Hatte Tommy auch an diesem Tor innegehalten, so wie ich jetzt? Hatte er darauf gewartet, dass jemand sein Handgelenk ergriff, wie ich es in bedrohlichen Situationen immer getan hatte?

„Mitten durch oder außen rumgehen?", fragte ich leise und ging langsam vorwärts. Das hier war nicht so anders als ein Streifzug durch die Wildnis, wenn ein Raubtier auf unsere Farm gelangt war und Vieh gerissen hatte. Ich brauchte dasselbe Maß an Aufmerksamkeit. Und die Bereitschaft, zu handeln.

„Meine Mutter meinte, dass die meisten Leute außen herumgehen", sagte Freckles. „Sie selber hätte sich im Nachhinein gewünscht, den direkten Weg genommen zu haben. Aber sie hat mit niemandem aus diesem Haus je ein Wort gewechselt."

„In der Geschichte der Akademie sind drei Prozent derjenigen, die durch die Mitte gegangen sind, gestorben", flüsterte Wally. „Fünfundsechzig Prozent haben es bis zum Ziel geschafft."

„Wie viele Leute sind beim Weg außen herum umgekommen?", fragte Freckles.

„Niemand", antwortete sie, während sich eine Gruppe kerniger Jungs von der Menschentraube löste. Mit langsamen Schritten gingen sie rechts entlang. Sie vermieden den Weg durch den Wald. „Aber nur fünfzig Prozent von ihnen haben es durchgeschafft."

„Wir haben also eine bessere Chance, durchzukommen, wenn wir durch die Mitte gehen, aber wir könnten dabei sterben?" Freckles' Stimme wurde lauter. „Was für Aussichten sind das denn bitte?"

„Jedenfalls bessere, als wenn man in einem Hurrikan spazieren geht", antwortete Wally, abgebrüht wie ein Knochen.

„Wie kann man so gut in Mathe sein und gleichzeitig null Gefühl für Zwischenmenschliches haben?", entgegnete Freckles, wobei seine Stimme ein paar Oktaven höher wurde. Plötzlich war ich mir ziemlich sicher, dass er der Schreihals aus dem Hubschrauber war. „Das ist doch nicht normal!"

Eine Gruppe von fünf Mädchen, von Kopf bis Fuß in Schwarz gekleidet, lief kichernd um uns herum auf den Weg zu. Oberflächlich betrachtet sahen sie nervös und albern aus – sogar ihre Fingernägel waren schwarz lackiert. Aber ihr selbstbewusster Gang und der Ernst in ihren Augen sprachen eine andere Sprache. Hätte ich diese Gruppe nachts in meiner Heimatstadt in den Park schleichen sehen, hätte ich sofort gewusst, dass sie nichts Gutes im Schilde führten. Dass sie nicht das erste Mal krumme Dinger drehten, und dass jeder Versuch, ihnen zu folgen – und wenn es nur aus Neugierde wäre –, schlimme Konsequenzen hätte.

Plötzlich wurde mir einiges klar.

„Die gehören hierher", sagte ich und bestaunte die Clique. „Wally, wie viele von den fünfundsechzig Prozent, die es schaffen, landen in diesem Haus?"

„Hm. Gute Frage." Sie hielt inne. „Achtzig Prozent der fünfundsechzig Prozent, glaube ich. Von denen, die es auf dem Weg außen herum schaffen, landen hingegen prozentual mehr Teilnehmer in einem der anderen Häuser."

„Das ist echt nicht normal", wiederholte Freckles. „Du redest wie eine ... Nur Geisteskranke reden so."

Ein kleiner Kerl mit einem Stock – ähnlich dem, den die Frau auf der Mauer benutzt hatte – stolzierte auf den Weg zu. Der war dumm wie Brot, das sah ich sofort. Er grinste die Leute hinter sich an, als wären sie sein Publikum. Mit einer spöttischen Halbverbeugung drehte er sich um und trat unter die Bäume.

Ich wusste, was er dachte: ‚Wenn ein paar alberne Mädchen das können, kann ich das schon lange.'

Ein Grinsen biss sich in meinen Mundwinkeln fest. Offenbar lockten diese Mädchen ganz bewusst übermütige Idioten an. Sie kannten sich hier aus, und sie hatten einen Plan: diejenigen, die nicht ahnten, worauf sie sich einließen, in eine Falle zu locken.

„Faszinierend", sagte ich, und mein Herz schlug schneller, während mein Magen sich zusammenzog. „Ich meine, völlig durchgeknallt, aber ... wow."

Der Angeber schaute auf seine Uhr, schenkte seinem Fanclub ein weiteres Grinsen und ging vorwärts. Eine kleine Menschentraube eilte ihm hinterher, die Jungs gaben sich draufgängerisch und die Mädchen hüllten sich in nervöses Gelächter.

Damit waren wohl die Dümmsten unter uns der Mädchenclique auf den Leim gegangen.

„Lasst uns gehen", sagte ich, schnappte mir die beiden und eilte dem Schwarm Minderbemittelter hinterher.

„Also, das war eben ganz schön viel Mathe, aber ist das hier nicht der falsche Weg für Leute wie uns?", fragte Freckles und trabte neben mir her, sein rundes Gesicht jetzt schon verschwitzt.

„Für uns ja", sagte Wally, die meinen Griff nicht nötig hatte, um Schritt zu halten. „Aber was ihn betrifft?" Sie wies mit dem Kinn auf mich. „Das werden wir sehen."

Ich ließ die Handgelenke der beiden los. „Das ist für uns alle ein schlechter Weg", sagte ich und zwang mich, langsamer zu werden, als wir uns dem Pfad näherten. Ich musste mich zusammenreißen und meine Intuition überdenken.

Der gesunde Menschenverstand riet mir, der äußeren Route zu folgen. Zum Teufel, die Statistik riet es mir.

Immerhin war auf dem Weg noch niemand gestorben. Mr. Koteletten dachte vielleicht, dass ich mich im Haus der Schemen gut machen würde. Er ging offensichtlich davon aus, dass dies mein Platz war. Aber ich war mir da nicht so sicher. Ich war mir ganz und gar nicht sicher. Wir sollten dem einfacheren Weg folgen, den diejenigen bevorzugten, die nicht zum Haus der Schemen gehörten.

Aber ... Irgendetwas an der Herangehensweise der Mädchen nagte an mir. Ich fühlte mich zu ihnen hingezogen. Und es war nicht nur Faszination – oder die seltsame Schwere in meiner Magengrube, die mir sagte, dass sie Teil der Prüfung waren. Sie wussten, was sie taten. Es kam mir richtig vor, in ihrem Windschatten zu bleiben – solange der Dummen-Schwarm zwischen uns war.

Vertrau deiner Intuition und stell dich nicht gegen deine Natur. Tu alles, was nötig ist, um am Leben zu bleiben. Immer.

„Okay, Mr. Koteletten", sagte ich leise und hielt kurz vor dem Pfad an. „Du hast gewonnen."

Ich trat zuerst nur mit einem Fuß auf den Weg, dann mit dem anderen. Plötzlich vibrierte meine Uhr und eine Nachricht flackerte über den Bildschirm.

Deine Entscheidung ist gefallen. Viel Glück.

Etwas stieß gegen meinen Rücken und drängte mich nach vorne, aber als ich mich umdrehte, war dort nichts zu sehen. Ich drehte mich mit großen Augen um und streckte eine Hand aus. Meine Finger stießen gegen eine harte, unsichtbare Fläche. Sie fühlte sich an wie eine Plexiglasscheibe, nur dass es sich nicht um Glas handeln konnte. Mein Weg war nun wohl unwiderruflich festgelegt.

Wally und Freckles standen nebeneinander und starrten mich von der anderen Seite der unsichtbaren Barriere aus an, während ich Echos des lauten Geredes und Gelächters des Idioten-Rudels hinter mir hörte, als wären wir unter einer Käseglocke gefangen.

Meine Brust zog sich zusammen, und ich hatte Mühe, zu atmen. Magie. Echte, gottverdammte Magie hielt mich auf diesem Pfad gefangen. Der kleine Rest in mir, der immer noch nicht ganz daran geglaubt hatte, wurde endgültig zum Schweigen gebracht.

„Wie heißt du?", rief ich Freckles zu. Ich war mir nicht sicher, warum das in diesem Moment so wichtig sein sollte, aber ich musste es einfach wissen. Wenn auch nur für den Fall, dass wir alle sterben würden.

Seine Stirn legte sich in Falten und er beugte sich ein wenig vor. Seine Lippen formten lautlos das Wort ‚*Was?*'

„Wie heißt du?", fragte ich wieder und wusste, dass ich mich eigentlich beeilen musste, um die Gruppe einzuholen. Aber das hier fühlte sich genauso dringend an.

Er runzelte die Stirn und schüttelte den Kopf, bevor er einen Schritt nach vorne machte.

„Was?", fragte er und zog sein anderes Bein nach, seine Stimme war jetzt laut und deutlich.

Ich hielt den Atem an. Schuldgefühle durchströmten mich, als ich auf seine Füße hinunterblickte, die jetzt beide fest auf dem Weg standen. Seine Uhr vibrierte. Nachdem er sie abgelesen hatte, trafen sich unsere Blicke.

Ich hatte ihn gerade versehentlich hereingelockt.

„Wie heißt du?" Ich fragte leise, um eine Entschuldigung mitklingen zu lassen, und verfluchte den Sandmann dafür, dass er mich in diese Sache hineingezogen hatte. Ich verfluchte meine Eltern dafür, dass sie mich nicht auf das vorbereitet hatten, was mich hier erwartete.

„Ach so. Pete. Nenn mich nur nicht Peter. Meine Brüder hänseln mich immer wegen meinem Namen." Er verdrehte die Augen. „Wie auch immer." Er streckte mir eine Faust entgegen.

In Handschlag-Etikette war ich ein Profi. Aber Begrüßungen per Faust waren nicht gerade üblich auf der Farm, und sie waren mir irgendwie unangenehm.

„Ich bin W... Billy", sagte ich und kratzte gerade noch rechtzeitig die Kurve. „Tut mir leid, Pete, wenn du eigentlich nicht hier rüber kommen wolltest", sagte ich. Dann erinnerte ich mich an meine neue Rolle und daran, dass die Jungs, die ich kannte, sich normalerweise nicht entschuldigten. Sie suchten eher einen anderen, dem sie die Schuld geben konnten. Also fügte ich hinzu: „Aber du bist aus freien Stücken hergekommen, also ... deine Schuld."

Wally drängte sich hinter uns unter die Kuppel und schob Pete aus dem Weg.

„Ich konnte euch nicht hören. Was habe ich verpasst?"

„Das ist Pete." Ich zeigte mit dem Daumen auf ihn.

„Hallo, Peter", sagte Wally professionell und streckte ihm ihre Hand für ein klassisches Händeschütteln entgegen, so wie sie es bei mir getan hatte.

Pete sah sie finster an. Dann wandte er sich mir zu. „Kein Ding, ich wollte ja mitkommen. Der Sandmann hat dich hierher gelotst. Er gibt sich nur mit den Besten ab. Meine Chancen, durchzukommen, sind deutlich besser, wenn ich mich an dich halte, Mann."

Ich lachte bitter. Sie hatten ja keine Ahnung, dass mein Bruder derjenige war, den der Kotelettenmann herzulocken versucht hatte. Ich kannte seine Absichten nicht, aber immerhin hatte er nicht geleugnet, dass meine Familie unter Beschuss stand. Und es hatte ihm offenbar nichts ausgemacht, dass ich anstelle von Billy aufgetaucht war.

Gut, dass ich Tommy wenigstens in einem Gebiet etwas voraushatte.

Ich kannte alle schmutzigen Tricks.

KAPITEL 10

Die anderen schlängelten sich vor uns durch die hohen Bäume, hier und da streckte jemand die Hand aus und berührte die Pflanzen. Ich widerstand dem Drang, dasselbe zu tun. Was auch immer es mit diesem Ort auf sich hatte, ich traute ihm nicht. Und das bedeutete, dass ich nichts anfassen würde, wenn es sich irgendwie vermeiden ließ. Zwei Mädchen im hinteren Teil der Gruppe hielten sich aneinander fest und schauten ängstlich zur Seite. Sie waren hier nicht in ihrer gewohnten Umgebung, das zeigten nicht nur ihre aufwendig gefärbten Haare und ihre Designerklamotten. Sie wirkten fehl am Platz, was für uns nur Vorteile bedeuten konnte. Ganz egal, welche Bestien uns hier auflauerten, die schwächste Beute war immer zuerst dran. Und das waren definitiv die beiden.

„Wir benutzen sie als Vorfahrer", sagte ich gerade eben laut genug für Wally und Pete.

„Wie bitte?" Pete sah mich stirnrunzelnd an.

„Als Vorfahrer", wiederholte ich, etwas überrascht, dass er nicht verstand. „Ein Auto, das vor dir auf der Straße fährt und zu schnell ist. Du bleibst ihm auf den Fersen, und wenn ein Polizist mit einer Radarfalle wartet, erwischt er das vordere Auto zuerst. Was für eine Art von Kerl weiß so etwas nicht? Das ist wie das kleine Einmaleins des Autofahrens."

Er wurde rot, und ich fühlte mich fast ein bisschen schlecht. „Ich habe noch keinen Führerschein", murmelte er. „Aber ich habe viel *Gran Turismo* gespielt."

Das musste ein Videospiel sein – so etwas lag jenseits meines Horizonts. In meiner Kindheit durfte ich an guten Tagen mal das Fernsehprogramm aussuchen.

Ich schaute nach vorn und spürte den Drang, einen Zahn zuzulegen. „Wir sollten nicht zu weit hinter ihnen zurückbleiben. Wir müssen sehen, was auf sie zukommt. Aber nicht so nah, dass wir darin verwickelt werden. Verstanden?"

Ich ging voran, meine Begleiter reihten sich neben mir ein. Wally faltete die Hände vor der Brust.

„Zwei Meilen Niemandsland sind die typische Länge pro Etappe", sagte sie. „Allerdings behaupten diejenigen, die sie ablaufen, oft, der Weg sei viel länger."

„Ich kann nicht mal eine Meile laufen, geschweige denn zwei!" Petes Gesicht lief leuchtend rosa an, als ob er bereits einen Marathon hinter sich hätte.

Ich warf ihm einen kurzen Blick zu. „Wenn wir alles richtig machen, müssen wir zumindest nicht rennen."

Wir waren kaum mehr als ein paar Schritte vorangekommen, da verdunkelte sich das Licht um uns herum zu einem unnatürlichen Glimmern. Undurchdringliche Schatten sammelten sich zwischen den Stämmen der Bäume und verdeckten den Weg vor uns. Plötzlich veränderte sich die gesamte Umgebung. Direkt vor unseren Augen.

„Ach du grüne Neune", flüsterte Pete.

Das war nicht gerade der Ausdruck, der mir durch den Kopf ging.

Die Bäume drehten sich, bis mir schwindelig wurde. Dann wuchsen sie an, ihre Äste schossen in die Höhe und veränderten ihre Form, bis wir plötzlich von hoch aufragenden Gebäuden umgeben waren. Der Boden unter uns verhärtete sich schnell und verwandelte sich von Erde in Beton. Anstelle von Vogelgesang und dem leisen Rauschen der Blätter hallte nun das Geräusch von Verkehr durch die Nacht.

„Wir sind in einer Stadt", sagte Pete.

„Dir entgeht aber auch gar nichts", murmelte ich.

Direkt vor uns lag eine Gasse, die zwischen zwei Reihen von Gebäuden verlief. Weit in der Ferne konnte ich hoch über unseren Köpfen ein Schild blinken sehen. *Ausgang.*

„Los geht's", sagte ich, angespannt wie eine Gitarre aus dem Trödelladen.

Wally drängte sich an meine Seite und versuchte, sich einzuhaken. Ich schüttelte sie ab.

Meine Hände mussten frei bleiben für alles, was uns erwartete.

„Seht ihr noch die Leute, die vor uns waren?", fragte ich.

„Nein", riefen beide im Chor.

Nun, damit war das geklärt.

Ich beschleunigte meinen Schritt, bis ich locker joggte.

Pete stöhnte hinter mir. „Ich hab schon geahnt, dass ich mir die vielen Snickers hätte verkneifen sollen. Wär ich doch nur ins Fitnessstudio gegangen."

„Jedes Jahr sterben fünfunddreißig bis sechsundfünfzig Menschen an dem Verzehr von erdnusshaltigen Schokoriegeln, weil sie nicht wissen, dass sie gegen Erdnüsse allergisch sind", sagte Wally. „Noch mehr Menschen sterben an einem Herzstillstand, während sie sich bemühen, in Form zu kommen. Untrainierte Fünfzigjährige fallen von Laufversuchen regelmäßig tot um. Du kannst froh sein – du hast schon zwei mögliche Todesursachen vermieden."

„Aber jetzt gerade bin ich ja am Laufen", keuchte er.

„Stimmt. Deine Chancen, hier zu überleben, sinken gerade dramatisch", sagte Wally feierlich. „Viel Glück."

Meine Mundwinkel zuckten. Ich war mir nicht sicher, ob sie überhaupt wusste, wie witzig sie war.

Die Gasse sah ungefährlich aus, ebenerdig und ohne sichtbare Hindernisse – und das machte mich nervös. Vor uns hörte ich plötzlich ein lautes Rufen, dann eine Reihe von Schreien, die in Kreischen übergingen. Ein normaler Mensch wäre stehen geblieben, hätte sich vielleicht sogar umgedreht und wäre weggelaufen.

Ich beschleunigte das Tempo.

Die Gasse mündete in eine T-Kreuzung. Ich hielt inne und sah mich um. Ein Wimmern, kaum mehr als ein

Flüstern, zog mich nach links. Ich zückte mein Taschenmesser. Nur für alle Fälle.

Über einer Tür auf der anderen Seite der Gasse flackerte ein Licht auf. Vor dem Eingang kauerte eine Gestalt. Es war ein schmächtiger Junge, der aussah, als wartete er noch auf den Wachstumsschub der Pubertät. Blut tropfte aus seinem weißblonden Haar.

„Lasst mich nicht zurück", wimmerte der Junge und machte sich noch kleiner.

„Der Kobold wird unsere Verfolger aufhalten, so hat er doch noch einen Nutzen", rief ein Junge hinter der Tür.

Hatte er *Kobold* gesagt? Nun, ich hatte jetzt keine Zeit, mich daran aufzuhalten.

Hinter der Tür erscholl Gelächter, dann das Geräusch von Füßen, die eilig wegrannten. Vier hünenhafte Gestalten traten aus dem Schatten des Eingangs und umringten den blonden Jungen am Boden. Diese vier waren keine achtzehnjährigen Schüler – sie mussten die erste Prüfung sein.

Inzwischen hatten mich Wally und Pete eingeholt und duckten sich ängstlich hinter mir.

„Das ist ein Kobold", flüsterte Pete. „Wir können uns vorbeischleichen und ihn als Ablenkung benutzen, so wie die anderen."

Wally nickte. „Mit diesem Plan erhöhen sich unsere Überlebenschancen um mindestens fünfundsiebzig Prozent."

Ich biss mir auf die Lippe. Wally hatte recht – wenn wir an den riesigen Typen vorbeiwollten, war jetzt die Gelegenheit. Und doch … einen Jungen auf dem Boden einer Gruppe von Schlägern zu überlassen, kam mir falsch vor.

„Ich gebe Rückendeckung", flüsterte ich zu Wally und Pete.

Wally nickte und schlich voran, den Rücken dicht am Gebäude. Ihre Augen weiteten sich, als sie unter den Lichtkegel der flackernden Lampe gelangte. Nun wäre sie für die Schläger sichtbar gewesen, aber die waren voll und ganz auf den kleinen Jungen konzentriert, der sich in eine Ecke drängte, als wollte er darin verschwinden.

Freckles folgte Wally. In dem Moment begannen die Schläger auf den blonden Jungen einzutreten. Klägliche Schmerzensschreie erschollen.

Ich konnte nicht vorbeirennen. Ich wusste, dass ich sollte, aber es ging nicht. Mit pochendem Herzen trat ich ins Licht. „Ihr seid ganz schön stark, was? Vier gegen einen?"

Pete quietschte – er stand direkt unter der Lampe und war deutlich sichtbar für die vier übergroßen Schlägertypen. Langsam drehten sie sich um.

Ich hätte gerne behauptet, dass ich in diesem Moment keine Angst hatte – dass ich keinen Schritt zurück machte und nicht alle schlechten Entscheidungen in meinem Leben noch einmal blitzartig Revue passieren ließ. Aber das wäre gelogen. Diese Typen ... hatten keine Gesichter.

Keine Augen. Keine Lippen. Da war gar nichts. Nur eine leere Fläche aus blassem Weiß mit seltsam strähnigen Haaren, die da herabhingen, wo Ohren hätten sein sollen. Das waren auf keinen Fall Menschen, nicht einmal ansatzweise.

Panik machte sich in meinem Körper breit. Doch mein Mund führte, wie so oft in Gefahrensituationen, ein Eigenleben. „Hat einer von euch einen Filzstift? Dann könnte ich euch Augenbrauen verpassen. Schön große, buschige." Ich lächelte meine eigene Furcht weg und fühlte, wie wilde Kraft in mir aufstieg.

Das Wesen, das mir am nächsten stand, hob eine Hand. Es hielt ein kurzes Messer. Ich hob ebenfalls meines. Der Langhorngriff fühlte sich rutschig an, aber auch vertraut und verlässlich.

„Habt ihr schonmal Pantomime versucht? Die Leute würden euch bestimmt ein paar Münzen hinwerfen, wenn ihr auf der Straße auftretet. Könntet einen Bordstein nach dem anderen erobern."

Ohne ein Wort stürzte sich das gesichtslose Wesen mit dem Messer auf mich. Ich wich tänzelnd aus und rammte meine Klinge in seinen Arm. Als sie sich hineinbohrte, spürte ich den Widerstand von Knochen. So eine Verletzung würde nicht spurlos an ihm vorbeigehen.

Ich riss mein Messer aus der Wunde, aber das Wesen zuckte nicht einmal zusammen. Kein einziger Tropfen Blut quoll hervor.

Aus den Augenwinkeln sah ich, wie ein anderer der gesichtslosen Kolosse auf Pete losging. Ich griff ihn von der Seite an und durchbohrte ihn an der Stelle, wo seine Niere war – oder hätte sein sollen. Das Ding drehte sich ruckartig zu mir um, ich wich aus und brachte Abstand zwischen uns.

Pete tat etwas, das ich ihm nicht zugetraut hätte. Er kam mir zur Hilfe. Die Kreaturen hatten ihm den Rücken zugedreht und sahen ihn nicht kommen.

„Der da ist meiner, Billy!", schrie er, während er auf den Rücken des nächstbesten Geschöpfs sprang.

Wie zum Teufel hatte er das geschafft? Es sah aus, als hätte er Haltegriffe auf dem Rücken des Dings gefunden.

Ich musste begreifen, womit ich es hier zu tun hatte, wenn ich auch nur die geringste Chance haben wollte.

„Wally, was sind das für Wesen?", brüllte ich, während ich vor zwei von ihnen zurückwich. Ein dritter kam von der Seite. Ich duckte mich unter seinem Messer hindurch und rammte mein Knie gegen sein Bein. Es knackte laut. Das hätte bei einem Menschen die Kniescheibe verschoben, das ganze Bein wäre ruiniert gewesen. Doch das Wesen schwankte nur kurz und griff dann wieder an.

„Golems", rief Wally. „Anthropomorphe Kreaturen, die aus unbelebter Materie bestehen. Sie werden von ihrem Schöpfer aus sicherer Entfernung gesteuert. Weniger als 0,001 Prozent aller Todesfälle gingen bisher auf Golems zurück. Allerdings muss man auch sagen, dass sich alle dieser Fälle während der Auslese zugetragen haben."

Wie hätte es auch anders sein sollen.

Wally hielt inne. „Sie entstammen der jüdischen Mythologie, ist das hilfreich?"

„Ist es nicht!", schrie ich, während ich mit meinem Kopf einem Messerstich auswich. „Es sei denn, einer von euch ist jüdisch und weiß, was zu tun ist?"

Keiner von beiden antwortete.

„Ich mach das schon!", brüllte Pete. Er schlang seine Arme um den Hals des Golems, auf den er geklettert war, und ließ seine Beine weit ausschwingen. Ein toller Anblick. Die Rodeos zu Hause waren nichts dagegen.

„Wally, wie schalten wir sie aus?" Ich wich einem großen Stiefel aus, der meinem Kopf entgegenrauschte.

Dafür, dass sie so groß waren, waren sie wendige Mistkerle. Der nächste Schlag, der auf mein Gesicht abzielte, verfehlte mich nur knapp. Ich spürte den Windhauch auf meiner Wange.

„Man tötet sie nicht", schniefte der Koboldjunge auf dem Boden. „Man lässt ihnen jemanden zum Quälen zurück und zieht weiter. So läuft das hier."

„Heute läuft das anders", sagte ich bestimmt. Ich schlüpfte zwischen zwei Golems hindurch und versuchte, sie in Bewegung zu halten. Arme und Füße flogen in alle Richtungen. Wenn ich nahe genug herankam, konnte ich sie vielleicht dazu bringen, ineinander zu krachen. „Pete, mach dich bereit zum Absprung."

Ich stellte mich zwischen zwei Golems und hielt meine Hände nah am Körper. „Auf geht's, ihr hässlichen Viecher. Mal sehen, was in euch steckt."

Sie holten gleichzeitig zum Schlag auf meinen Kopf aus, einer von rechts, einer von links. Gerade noch rechtzeitig ließ ich mich auf den Boden fallen. Sie prallten mit einem gewaltigen Knall aufeinander, und ich krabbelte zu dem Jungen, der immer noch im Hauseingang kauerte. Ich warf einen Blick hinter mich. Die beiden Golems lagen jetzt flach auf dem Rücken und versperrten den anderen beiden den Weg. Perfekt.

Pete hatte sich aus dem Staub gemacht und war nirgends zu sehen. Im Moment war alles gut, aber das würde nicht lange so bleiben.

„Wir müssen los."

Der Junge sah mich mit großen Augen an – runde, überproportional große Augen für sein kleines Gesicht.

„Warum machst das? Bei der Großen Auslese kämpft jeder gegen jeden."

Ich hatte nicht vor, ihm zu sagen, dass er mich an Billy erinnerte. Wenn mein kleiner Bruder an meiner Stelle hergekommen wäre, hätte er wahrscheinlich denselben Fehler gemacht wie dieser Junge – er hätte sich den Großen angeschlossen, weil er gedacht hätte, er wäre bei ihnen sicher.

Niemand hätte Billy gerettet, aber ich konnte diesen kleinen Jungen retten.

„Erklär ich dir ein anderes Mal." Ich packte ihn am Arm und schwang ihn auf meinen Rücken. Wie oft hatte ich das schon mit Sam gemacht? Hunderte Male. Und er war sogar noch leichter als sie.

Ich wich den strauchelnden Golems aus und rammte den beiden, die noch standen, einen Fuß in die Kniekehlen. Sie waren zwar gruselig, aber vorhersehbar und daher keine große Herausforderung.

„Lauft!", rief ich Pete und Wally zu. Der Kleine klammerte sich wie ein Affe an meinen Rücken, während ich losrannte.

„Die kommen uns hinterher", sagte Pete. „Golems geben ihre Beute nicht so schnell auf."

„Das glaub ich kaum", antwortete ich. „Wenn das eine ernstzunehmende Prüfung sein soll, dann steht uns noch einiges bevor. Die Golems" – verdammt, ich konnte nicht glauben, dass ich dieses Wort schon selber ganz normal benutzte – "werden uns nicht weit folgen. Hinter uns kommen noch mehr Leute. Die haben auch ein bisschen Golem-Spaß verdient. Wir sollten einfach versuchen, so schnell wie möglich zum nächsten Hindernis zu kommen."

„Keine gute Idee", sagte der Junge auf meinem Rücken. „Übergroße Eile führt bei der Auslese mit Sicherheit zum Tod."

„Langsam zu laufen hat dir auch nicht gerade gut getan", stellte ich klar.

„Guter Punkt", sagte er. „Ich heiße übrigens Gregory. Gregory Goblin."

„Gregory Goblin?" Pete kicherte. „Wollten deine Eltern, dass du mal im Zirkus auftrittst?"

Gregorys Hände würgten mir fast die Luft ab, während ich weiterjoggte. Ich verlagerte ihn so, dass seine Hände tiefer rutschten. Dabei fasste er mir fast an die Brust … Das war zu viel des Guten.

„Okay, die Reise ist vorbei." Ich ließ ihn abrupt fallen.

Er taumelte, rappelte sich aber gleich wieder auf und strich seine Kleidung glatt. Mir fiel auf, dass sie eleganter war als alles, was ich je in meinem Schrank gehabt hatte – ein feiner Mantel, seidene Hosen und ein ebenso feines Hemd. Kobolde waren wohl reich.

„Das war ein bisschen grob", bemerkte er mit gespitzten Lippen.

„Tja, diese Grobheit hat dir gerade den Allerwertesten gerettet, *Gregory Goblin*", sagte ich und räusperte mich. Ich musste aufpassen, die ganze Zeit wie ein Junge auszusehen und zu reden.

„Ähm, Billy?", fragte Pete zaghaft.

„Nenn mich Wild", antwortete ich, ohne nachzudenken. Mist. Ich überprüfte den Sitz meiner Cappy.

„Ich glaube, wir haben ein neues Problem."

Ich drehte mich langsam um. „Meine Fresse, das gibt's doch nicht."

KAPITEL 11

Schreie folgten uns aus der Richtung, aus der wir gekommen waren. Dann hörten wir in der Ferne krachende Schläge – die Golems hatten uns also vergessen, genau wie ich es mir gedacht hatte.

Aber vor uns lag nun ein ganz neuer Teil dieser Stadt, in der wir gefangen waren. Wortlos starrte ich auf etwas, das man vielleicht als Todes- oder Zerfleischungsmauer bezeichnen konnte.

Der Boden öffnete sich in einer gut drei Meter tiefen Senke, die sich über die gesamte Breite der Gasse erstreckte. Der Graben endete in fast zwei Metern Entfernung an einer Metallwand, deren oberes Ende von dichten Nebelschwaden verhüllt war. Das Ganze erinnerte mich an überdimensionierten Stacheldraht, denn hier und da ragten Klingen aus der Wand hervor. Sie würden jeden Kletterer, der unerschrocken genug war, die Wand zu erklimmen, auf eine ganz bestimmte Kletterroute zwingen. Nach einem Blinzeln sah ich, wie sich einige der Klingen zurückzogen, nur um an anderer Stelle wieder aufzutauchen.

Um uns herum nieselte es schwach. Das war also kein Nebel. Es waren Wolken. Nasses Metall stand auf der Liste undankbarer Kletterwände ganz oben. Ich öffnete und schloss meine Fäuste, um sie aufzuwärmen, und beobachtete den Rhythmus der Klingen.

„Also … ich hab schon Schlimmeres gesehen", sagte ich.

Ein elektrisches Sirren durchschnitt die Luft. Als ich sah, wie Teile der Wand blau erglühten und im Regen knisterten, erwog ich, diese Aussage zurückzunehmen.

„Wirklich?" Gregory stand neben mir und rieb sich die Arme. „Du hast schon Schlimmeres gesehen?"

Ich öffnete den Mund, doch bevor ich etwas sagen konnte, erscholl ein Schmerzensschrei irgendwo über uns. Weit über uns.

Pete schluckte hörbar.

„Die Zahl der Todesfälle durch Stürze beläuft sich auf über sechshundertfünfzigtausendfünfhundertzwanzig pro

Jahr – weltweit", sagte Wally leise, und die Angst in ihrer Stimme war greifbar.

„Wir schaffen das", sagte ich, eher für mich selbst als für die anderen. „Die Mädchen in Schwarz müssen da ja auch rüber gekommen sein."

„Diese Mädchen in Schwarz", sagte Gregory, „entstammen einigen der ältesten Familien von Assassinen, die es je gegeben hat."

„Wir werden rausfinden, wie sie es geschafft haben." Ich ging ein paar Schritte auf den Graben zu. Die Abdrücke an seiner Kante zeigten frische Schrammen, die wohl das Idioten-Rudel beim Absprung hinterlassen hatte. Es sah so aus, als hätten sie sich ziemlich anstrengen müssen, um den Sprung von fast zwei Metern zu meistern. Ich runzelte die Stirn und sah mir den Boden der Vertiefung genauer an. Dann hockte ich mich hin und legte meine Hände auf den Rand. Jetzt fielen mir noch weitere Spuren auf, die man nicht entdecken würde, wenn man, na ja, gerade vor Golems wegrannte.

Diese Prüfung war wie das brutalste Grüselhaus, das ich mir vorstellen konnte. Aber sie war auch ein Rätsel – eines mit tödlichen Konsequenzen.

Mein Handgelenk vibrierte und ich schaute auf die Uhr, auf der eine Nachricht aufblinkte.

Überholt zu werden schadet deiner Gesundheit.

„Habt ihr diese Nachricht auch gerade bekommen?" Ich sah zu den anderen dreien, die geschlossen nickten.

Wir mussten uns beeilen.

Gregory sprang über die Lücke, was ihm mit Leichtigkeit gelang, und begann, die Wand hochzuklettern. „Wir müssen in Bewegung bleiben!"

Nur, dass wir das gar nicht mussten – jedenfalls nicht in die Richtung, die er gerade eingeschlagen hatte. Nicht, wenn ich die Spuren richtig deutete.

„Das ist nicht der richtige Weg."

Pete tänzelte nervös neben mir herum. „Ich muss immer pinkeln, wenn ich aufgeregt bin." Er holte sein Ding raus und begann, direkt vor mir zu pinkeln. Mein erster Impuls war, mit einem Aufschrei der Empörung zurückzuweichen, doch dann erinnerte ich mich, dass Pete mich für einen Jungen hielt.

„Nicht in den Graben, du Idiot!" Ich stieß ihn in die Hüfte und weg vom Graben.

„Warum nicht?" Er ließ weiter laufen und redete über seine Schulter hinweg mit mir.

„Weil wir genau hier entlanggehen."

Wally trat nickend zu mir. „Hört sich gut an. Ich glaube nicht, dass schon mal jemand in einem Graben gestorben ist. Davon habe ich jedenfalls nichts gehört."

Ich wollte sie fast nach den beiden Weltkriegen fragen, hielt mich aber zurück.

Der Boden unten war um einiges weicher als die Straße, und meine Stiefel versanken langsam im Schlamm. Wally rutschte an der Seite des Grabens hinunter und landete mit einem lauten Platschen. Pete kam als Nächster, und schließlich auch Gregory.

„Hast es dir doch anders überlegt?", fragte ich ihn.

„Ich hasse Klettern." Er vermied Augenkontakt.

Pete packte mich am Arm. „Riecht ihr dieses Zuckerwatte-Parfüm? Eines der Mädchen hat das getragen. Sie sind also tatsächlich diesen Weg gegangen. Aber woher wusstest du das?"

Ich fragte mich, wie er Parfüm wahrnehmen konnte, wo ich nur Erde roch … und Urin. Doch er hatte recht. Jetzt, da er es gesagt hatte, glaubte ich auch einen zarten Zuckerwattegeruch wahrzunehmen.

Ich deutete auf die schwachen Vertiefungen im weichen Boden. „Fußabdrücke", sagte ich. Ich hatte sie erst entdeckt, als ich in die Hocke gegangen war. Wenn ich mir nicht einen Moment Zeit genommen hätte, hätte ich sie übersehen – genau wie all die anderen, die sich auf den offensichtlicheren Weg gestürzt hatten. „Gregory, gib mir deinen Mantel."

„Was willst du damit machen? Er ist dir viel zu klein", sagte Gregory, aber er gab ihn mir trotzdem.

„Spuren verwischen." Ich schob die drei vor mir her und benutzte dann den Mantel, um die Fußabdrücke, die wir hinterließen, einigermaßen wegzuwischen. Nicht so effizient wie mit einem Ast, aber vermutlich würde es reichen.

Sie gingen voran, während ich rückwärts den Boden bearbeitete. Ich musste darauf vertrauen, dass sie nicht ohne mich zu weit gehen würden – und sie taten es auch nicht. Schließlich stieß ich mit dem Hintern gegen sie, als ich mit dem Fegen fertig war. Sie hatten sich unter einem überhängenden Stück Straße versammelt, das an dieser Stelle über den Graben ragte. Ein hervorragender Sichtschutz. Auch diesen Überhang hätte man nicht gesehen, wenn man nicht schon im Graben stand – und auch nicht den Tunnel, der sich darunter öffnete.

„Worauf wartet ihr?", fragte ich.

„Es ist abgeschlossen." Pete rüttelte an etwas Metallischem.

Ich betrachtete das knapp einen Meter fünfzig hohe Gitter, das den Tunnel versperrte. Der Weg sah aus, als führte er unter den Gebäuden hindurch. An dem Gitter hing ein brandneues Schloss. Ich hätte Geld darauf verwettet, dass die Mädchen in Schwarz es mitgebracht und hier angebracht hatten. Ich seufzte.

„Hat einer von euch zufällig einen Dietrich dabei?", fragte ich ohne viel Hoffnung.

„Nicht ganz, aber eine Haarklammer", sagte Wally. Sie zog eine aus ihrem Haar. Es sah nicht so aus, als ob sie die Klammer wirklich gebraucht hatte. Sie schien sie für genau so einen Notfall dabei zu haben. Kein Wunder, wenn sie von ihren Eltern vorbereitet worden war.

Gregory hob seine langen, beinahe zerbrechlich aussehenden Finger. „Ich bin ziemlich gut im Schlösserknacken."

Wally reichte ihm die Klammer.

„Während Gregory arbeitet, erzählt ihr mir alles, was ihr über die Akademie wisst", sagte ich.

Plötzlich riss Wally ihre Augen auf, und ich konnte Gregory gerade noch zurückreißen, bevor Elektrizität mit einem verräterischen blauen Leuchten über das Metallgitter zuckte.

„Danke", stammelte Gregory.

„Kein Problem." Ich ließ ihn los, wandte aber meinen Blick nicht von Wally ab. „Also, schieß los. Ich will alles hören."

Sie zuckte mit den Schultern. „Shadowspell gliedert sich in fünf Häuser. Im Ansehen ganz oben steht das Haus der Wunder. Dort streben sie nach Magie und Zauberkraft. Das Haus der Nacht, in dem Dunkelheit und Untote herrschen, steht an zweiter Stelle. An dritter Stelle das Haus der Kralle, in dem Tiere und ihre Herren Seite an Seite stehen. Viertens das Haus der Schemen, wo sich diejenigen in Schatten hüllen, die mit dem Tod Geschäfte machen. Und das letzte Haus …"

„Ist das Haus der Namenlosen", unterbrach Gregory, während er feierlich auf das mittlerweile offene Gitter zeigte. „Zu dem auch Kobolde und andere Unerwünschte gehören."

Ich musterte ihn. „Du siehst nicht gerade nach einem Kobold aus. Eher wie ein etwas zu kleiner Justin Bieber."

Gregorys Lippen kräuselten sich nach oben. „Wir werden hässlicher, je älter wir werden. Und Hässlichkeit wird in unserer Kultur hoch geschätzt. Schönheit überlassen wir denen, die sich davon blenden lassen."

Pete lehnte sich zu mir herüber. „Du hast ihn also gerade beleidigt."

Ich öffnete meinen Mund, um mich zu entschuldigen, schloss ihn aber genauso schnell wieder. Würde ein Junge etwa so reagieren? Nein, Jungs traten in solchen Momenten noch nach.

„Na, dann hoffe ich, dass du nicht ewig so ein süßer kleiner Wicht bleibst", murmelte ich.

Er grinste und zeigte dabei ziemlich spitze Zähne – als uns plötzlich das Geräusch von Stimmen erreichte. Offenbar hatten wir Nachzügler.

Ohne ein Wort zu sagen, eilten wir vier durch das offene Gitter und schlossen es leise hinter uns. Ich dachte daran, es der Gruppe vor uns gleichzutun und das Tor zu abzusperren. Aber so ein Unmensch war ich auch wieder nicht. Wenn die anderen hinter uns auf die gleiche Idee kamen, wollte ich sie nicht unnötig aufhalten. Ich ließ das Vorhängeschloss so hängen, dass es zwar verschlossen schien, aber nicht eingerastet war. Gregory beobachtete mich, sagte aber nichts.

„Der Duft des Parfüms wird hier immer stärker", meinte Pete und ging in den Tunnel. „Das macht richtig Appetit."

Wally nuschelte etwas über schreckliche Parfümtode und Lungenkollaps, während wir in die Dunkelheit liefen. Ein paar Schritte weiter juckte die Stelle zwischen meinen Schulterblättern, genau in der Mitte. Eines der deutlichsten Warnsignale, die ich je gespürt hatte. Ich drehte mich um und sah, dass Gregory mich immer noch anstarrte.

„Was ist?", fragte ich.

„Du bist nicht ... das, was ich von einem Schemen erwartet hätte", sagte er.

Mein Blick verfinsterte sich. „Ein Schemen?"

Er deutete auf mein Namensschild. „Die gehen aufgrund deiner Abstammung davon aus, dass du im Haus der Schemen landest. Sicher kann man aber erst nach der Großen Auslese sein." Er zuckte mit den Schultern. „Niemand sonst hätte es mit der Schnelligkeit dieser Golems aufnehmen können. Außer vielleicht ein Vampir, aber zu denen gehörst du definitiv nicht."

Hinter uns hörte ich ein Scharren, und ich wandte mich um. Nichts als Schatten weit und breit. Trotzdem ... irgendetwas lauerte uns auf.

Mein Stirnrunzeln vertiefte sich, als Wasser an unsere Knöchel schwappte und ein leichter Geruch von Fäkalien aufstieg. Als wären wir in der Kanalisation einer Großstadt gelandet. „Die Golems waren gar nicht so schnell."

„Für mich waren sie schnell", sagte Gregory leise. „Alleine hätte ich keine Chance gehabt."

„Die waren so langsam wie Schildkröten in Zuckersirup", beharrte ich.

Gregory schnaubte. „Genau das meine ich. Dich konnte ich auch kaum sehen. Wer sich mit so einer Geschwindigkeit bewegt, dass nur ein Vollvampir mithalten könnte, gehört definitiv ins Haus der Schemen."

Ich sah mir den Aufkleber auf meiner Brust genauer an. „Und das sagst du nicht nur deswegen?"

Gregory richtete seinen Blick geradeaus. „Das hätte ich auch ohne das Schild gewusst. Leute deiner und meiner Art arbeiten oft eng zusammen, da wir als … geringer gelten als diejenigen mit echter Magie." Er zuckte mit den Schultern. „So oder so – du wirst der Grund sein, warum wir drei anderen es lebendig aus dieser Prüfung herausschaffen."

„Na, danke, dass ich alle Verantwortung tragen darf." Ein trockenes Lachen entwich meiner Kehle. Gregory schien sich sicher zu sein, dass ich wie gemacht für diesen Ort war. Und tief in meinem Innern sagte mir etwas, dass er recht hatte. Vielleicht waren es nur meine Aufregung und mein Adrenalin.

Wir blieben abrupt stehen, als der Tunnel in einen Abgrund mündete.

„Heiliger Strohsack, Wild. Sieh dir das an", murmelte Pete.

Ich spähte in den Abgrund und sah, was unsere nächste Herausforderung war.

„Das sieht aus wie ein Videospiel", sagte Pete. „All diese Plattformen, Leitern, Seile – und endlosen Gelegenheiten, abzustürzen. Wie kann dieser Raum so hoch sein? Wir sind doch nicht so weit unter der Erde, oder?"

Er hatte recht, irgendetwas stimmte nicht. „Die letzten zehn Minuten sind wir aber schon bergab gegangen. Ausgeschlossen ist es nicht." Ich dachte einen Moment lang nach. „Kann mir einer von euch etwas über diesen Ort sagen?"

Gregory wackelte mit den Fingern und schloss seine Augen, als würde er mit Toten kommunizieren – was mich inzwischen auch nicht mehr schockiert hätte. Er schauderte und nickte dann. „Es gibt hier Gold. Es ist …" Er deutete vage nach vorne und oben. „Irgendwo … über uns. Das ist alles, was ich mit Sicherheit sagen kann."

„Meine Mutter meinte, dass sich nur die Leute aus dem Haus der Schemen an das Gold wagen", sagte Pete und schüttelte den Kopf. „Es ist wirklich schwer zu kriegen. Sie hat mir geraten, mich so schnell wie möglich durchzuschlagen, ohne Umwege. Aber … ich sehe hier auch keinen Weg zum Ziel, ihr etwa?"

„Was meinst du mit Gold? Die Frau auf der Mauer hat von einem Bonus geredet. Ist das … eine Art Medaille?" Ich starrte hinauf auf die gewaltige Todesfalle, die vor uns lag. Lauter Plattformen, die über dem Abgrund schwebten. Hier und da waren sie durch Seile oder Leitern verbunden, aber nicht so oft, wie ich es mir gewünscht hätte.

„Nicht ganz. Bei jeder Prüfung gibt es die Möglichkeit, sich von den anderen abzuheben", sagte Gregory. „Man kann die Prüfung einfach abschließen, man kann sich aber auch einer noch härteren Herausforderung stellen und dafür finanziell belohnt werden. Darauf gibt es pro Prüfung nur eine Chance. Wenn also jetzt eine Gruppe genau diesen Bonus wegschnappt, bekommt ihn heute niemand anderes mehr. Dann wird für den nächsten

Durchlauf eine neue Truhe Gold aufgestockt. Die tatsächliche Höhe des Bonus wird vom Haus festgelegt und variiert. Die Gestaltwandler neigen zum Beispiel dazu, tiefer in die Tasche zu greifen, um die Leute anzuspornen."

Ich ließ die tückische Umgebung nicht aus den Augen, während ich darüber nachdachte, was er gesagt hatte.

„Meinst du, der Weg zum Gold wäre auch ein Weg hier raus?", fragte ich.

„Davon können wir ausgehen", antwortete Wally. „Aber er wird sicher von irgendetwas beschützt. Die geben einem nicht einfach so Gold zum Mitnehmen. Wir werden darum kämpfen müssen."

„Wir haben doch schon fürs Herkommen eine Stange Geld bekommen", sagte ich.

„Ja … aber nicht gerade freiwillig", sagte Pete.

Guter Punkt.

Eine blitzartige Bewegung über uns erregte meine Aufmerksamkeit.

Eines der schwarz gekleideten Mädchen, die die Prüfung vor uns begonnen hatten, sprang von einer Plattform zur nächsten. Ihr langes blondes Haar flatterte hinter ihr her. Sie schien auf eine kleinere Plattform schräg rechts zuzusteuern, ungefähr in der Richtung, in die Gregory gezeigt hatte.

„Woher weiß sie, dass da Gold ist?", murmelte ich und suchte die Strecke erneut nach Hinweisen ab. Es war eindeutig, dass sie es auf ein bestimmtes Seil abgesehen hatte, das in den Nebel führte. Sie hatte keinen Kobold dabei, also musste sie auf der Strecke irgendetwas entdeckt haben.

„Wer das Gold holt, erzielt eine höhere Punktzahl", sagte Wally.

„Moment." Ich hob die Hand. „Die Prüfungen basieren auf einem Punktesystem?"

„Ja", antwortete sie, als ob ich ein bisschen beschränkt wäre.

„Wenn also wir anstelle der Mädchen in Schwarz das ganze Gold holen, gewinnen wir?"

„Nun, ja ... oder wir sterben auf dem Weg. Keine guten Aussichten", sagte Pete.

„Das Gold darf man danach behalten", sagte Gregory mit einer Sehnsucht in der Stimme, die ich nachvollziehen konnte. Armut führte häufig zu Habgier. Die Aussicht darauf, meinem Vater und den Zwillingen etwas von dem Gold zu schicken, ließ das Risiko überschaubar wirken.

„Niemand, der nicht ins Haus der Schemen aufgenommen wurde, ist jemals mit dem Gold herausgekommen", sagte Wally. „Diejenigen, die es versuchen, fallen meistens komplett durch."

Ich kaute auf meiner Lippe herum. Irgendetwas in mir reagierte auf die Herausforderung. Ich wollte mich ihr stellen. „Es gibt immer ein erstes Mal, Wally. Für alles. Außerdem ist das ein garantierter Weg nach draußen."

Pete seufzte und sah mich vernichtet an. „Ich hätte mich dir nicht anschließen dürfen. Das wird mich noch umbringen."

Ohne zu widersprechen, sprang ich vom Rand des Abgrunds auf die nächstliegende schwebende Plattform.

KAPITEL 12

Zugegeben, ein großer Teil von mir machte sich Sorgen über diesen nächsten Abschnitt. Was, wenn ich die falsche Richtung einschlug? Was, wenn ich mich grundlegend irrte? Es wäre nicht das erste Mal, dass ich andere in Gefahr brachte – mit Rory und Tommy war mir das schon mehrfach passiert. Unruhe machte sich in mir breit, aber dafür war es zu spät. Ich hatte meine Entscheidung bereits getroffen.

Die Plattform schwankte unter meinen Füßen, als ich landete. Ich bewegte mich zum Rand und drehte mich um, nur um Wally zu sehen, die direkt hinter mir hersprang. Das Mädchen kannte echt keine Angst. Wahrscheinlich berechnete sie gerade die Wahrscheinlichkeit ihres baldigen Todes.

„Laufen, Springen, Mathe – das entwickelt sich langsam zu meiner ganz persönlichen Hölle", sagte Pete und nahm Anlauf. Ich sah, dass er nicht schnell genug war.

Er würde es nicht schaffen.

Er prallte gegen unsere Plattform, keuchte – und rutschte ab.

Ich hechtete vor und hielt seine Arme fest. Doch der Bursche war so schwer, wie er aussah. Kreischend krallte er sich an mich und zog mich mit. Zum Glück war Wally zur Stelle und packte mich an den Beinen. Ich hing nun über der Kante und hielt Pete, unsere Finger in den Ärmeln des anderen vergraben.

„Ich falle! *Ich falle!*", schrie Pete.

Adrenalin strömte durch meinen Körper, der Abgrund unter uns schien endlos. Wenn ich ihn losließ, würde er vor dem Aufprall einen langen Fall vor sich haben.

Ich versuchte ihn hochzuziehen. Versuchte ihn am Ellenbogen zu packen. Er zappelte viel zu stark. Wir mussten wie die tollpatschigsten Zirkusartisten der Welt aussehen.

„Nur … nicht … hysterisch werden, einfach festhalten", grunzte ich und kämpfte mit Petes Gewicht.

Wallys Finger waren um einiges kräftiger, als ich gedacht hatte. Sie griff noch fester um meine Knöchel und hielt mich sicher auf der Plattform. Immerhin rutschte ich nicht mehr, aber Petes Gewicht zerrte an mir, und ich musste mit aller Kraft darum kämpfen, ihn nicht loszulassen. Er zappelte immer noch wie wild, bis er gegen irgendeinen harten Gegenstand prallte.

„Au!", stöhnte er.

„Ihr würdet nicht glauben, wie viele Todesfälle jedes Jahr auf stumpfe Gewalteinwirkung zurückgehen", murmelte Wally.

„Halt durch, Mann", sagte ich und zog an seinem Arm. „Ich hab dich."

„Lass mich nicht fallen!" Pete wuchtete seine andere Hand nach oben und umklammerte jetzt meine Schulter. Fast konnte er seinen Oberkörper über die Kante beugen. Wenn er das schaffte, konnte ich ihm helfen, ganz hochzukommen.

Gregory flog durch die Luft und landete direkt neben mir – für meinen Geschmack etwas zu nah. Wie ein Akrobat machte er eine kleine Rolle, bevor er sich grazil aufrichtete.

„Also, wenn du so wild entschlossen bist, ihn zu retten, dann kann ich dir helfen", sagte Gregory betont langsam, bevor er sich neben mich drängte.

„Ja. Bitte. Seid wild entschlossen, mich zu retten. Bitte", sagte Pete mit hoher, panischer Stimme.

Gregory packte Pete, und mit vereinten Kräften schafften wir es schließlich, Pete auf die Plattform zu hieven.

„Heiliger Strohsack", keuchte Pete, als er sich aufrappelte. „Das war knapp."

„Eine von vielen knappen Situationen, die uns sicherlich noch bevorstehen", sagte Wally. Offenbar war das ihre Vorstellung von Trost.

Ich atmete schwer, erleichtert, dass es Pete gut ging. Ich drehte mich um und klopfte mich ab, dann sah ich mir den vor uns liegenden Weg genauer an. In einiger Entfernung kletterten vier gelenkige, schwarz gekleidete Gestalten an einem Seil zur Zielplattform hinauf. Nach und nach verschwanden sie im wirbelnden Nebel darüber.

„Eine fehlt", sagte ich leise und suchte die Plattformen nach weiteren Bewegungen ab. Ich fand keine. „Am Anfang waren es fünf, aber ich sehe da oben nur vier." Von dem Fanclub, der den Mädchen nachgelaufen war, gab es keine Spur. Uns gegenüber sah ich eine Öffnung in der Wand; wahrscheinlich war das der schnellste Weg nach draußen, und die Truppe der anderen hatte sich dafür entschieden.

„Vielleicht ist sie gestürzt", sagte Pete und stellte sich neben mich. „Obwohl es so aussieht, als ob ihre Kolleginnen ziemlich gut klettern können. Die sind ganz schön schnell."

„Vergesst die Mädchen, wir haben Dringenderes zu klären. Wie sollen wir es zum Ziel schaffen?", fragte Gregory. Er machte keine Anstalten, den Zweifel in seiner Stimme zu verbergen. „Das sieht aus wie ein Labyrinth, nur dass anstelle von Wänden ein Abgrund auf den anderen folgt. Es ist nur eine Frage der Zeit, bis wir zu erschöpft sind, um weit genug zu springen."

Ich richtete meine Aufmerksamkeit auf den Parcours, begutachtete die Anordnung, die verschieden großen Plattformen und vor allem die Abstände zwischen ihnen. Es gab nur einen Weg zur Zielplattform – und der war lang und verworren. Mehrere der Sprünge ließen mich besorgt innehalten. Einige Plattformen sahen beweglich aus, und das schwingende Seil am Ende ließ mich beinah aufgeben. Vielleicht sollten auch wir lieber auf Nummer sicher gehen und den direkten Ausgang nehmen.

Aber diese Mädchenclique hatte es auch geschafft. Offensichtlich war es machbar.

„Es ist möglich", sagte ich zuversichtlich.

„Bist du sicher?", fragte Pete. „Jede Route, die ich mir überlege, endet im Abgrund."

„Sie ist ein Schemen", erwiderte Wally. „Strategien und Rätsel sind ihre Stärken. Wenn wir auf sie hören, schaffen wir das."

Ich runzelte die Stirn, unsicher, wie ich mit so viel Vertrauen umgehen sollte. Andererseits war vielleicht wirklich etwas dran. Rätsel zu lösen, hatte mir immer Spaß gemacht – und in meiner Familie wollte schon lange niemand mehr Schach gegen mich spielen.

Ich richtete meinen Blick auf Pete. „Wir können es schaffen, aber nur als Team. Ihr müsst euch alle reinhängen."

Wally und Gregory stellten sich zu mir und sahen ebenfalls zu Pete. Er war eindeutig das schwächste Glied in der Kette, wenn es um riskante Sprünge ging. Pete nickte munter. Entweder bemerkte er unsere skeptischen Blicke nicht oder sie weckten seinen Ehrgeiz.

„Ich werde mich reinhängen", versprach er, obwohl die überbetonte Entschlossenheit in seiner Stimme seine Unsicherheit preisgab.

Ich nickte und nahm Anlauf, um auf die nächste Plattform zu springen. Nachdem ich sicher gelandet war, drehte ich mich um und winkte den anderen. „Wally, du bist die Nächste. Dann kommt Gregory. Wir halten uns an der Kante fest und warten auf Pete. Einverstanden?"

„Okay", rief Wally, die schon mitten im Sprung war. Sie landete in der Mitte der Plattform und stieß mit mir zusammen. Gregory landete diesmal ohne Vorwärtsrolle und achtete darauf, nicht gegen uns zu prallen. Dann stürzte Pete wieder mit rudernden Armen und weit aufgerissenen Augen auf uns zu. Doch auch er schaffte es.

Zum Glück wurde Pete immer besser, je weiter wir kamen, und erstaunlicherweise meisterte er das schwingende Seil mit Bravour. Er verpatzte lediglich die Landung auf der kleinen Plattform.

Keuchend standen wir zwei Plattformen vom unserem Ziel entfernt. Die anderen ließen mich in Ruhe überlegen, was zu tun war. Nur einmal hatten die anderen bisher Zweifel an meinem Weg geäußert. Gregory war davon ausgegangen, dass eine der Plattformen uns in eine

Sackgasse führen würde. Knapp hatte ich erklärt, warum wir diese Plattform doch nehmen mussten. Danach waren sie mir ohne Widerworte gefolgt.

Plötzlich überkam mich ein unangenehmes Gefühl. Ich sah mich um und versuchte, durch den immer dichteren Dunst zu sehen, der sich um uns gelegt hatte. Irgendetwas wartete da draußen auf uns. Beobachtete uns. Es war etwas anderes als das, was ich im Tunnel gespürt hatte. Was auch immer es war, es wollte uns schaden.

Wir mussten uns beeilen.

Ich sprang auf die nächste Plattform. Bei meinem Aufprall schwang sie so plötzlich weg, dass es mir regelrecht die Beine wegzog. Ich ruderte mit den Armen und konnte gerade noch meinen Schwerpunkt so verlagern, dass ich nicht rückwärts in die Tiefe fiel. Merkwürdig. Diese Plattform hatte eigentlich ziemlich stabil ausgesehen.

„Bei der hier müsst ihr vorsichtig sein", sagte ich mit zitternder Stimme und kauerte mich zusammen, um nicht die Balance zu verlieren.

„Wow." Wally atmete aus und fasste sich an die Brust. „Das war ganz schön knapp. Ich dachte, du stürzt!"

Für einen kurzen Moment hatte ich das auch geglaubt.

„Aber jetzt ist sie zu weit weg", rief Pete, während ich in die wirbelnden Nebelschwaden vor der letzten Plattform starrte.

Ein Blick zurück sagte mir, dass er recht hatte. Die Plattform hatte sich unter meinem Gewicht verschoben, und nun blieb sie hier. Was bedeutete …

„Ab hier ist jeder auf sich allein gestellt!", rief ich und machte einen Satz zur letzten Plattform. Genau wie ich erwartet hatte, driftete die hölzerne Transportplattform in ihre Ausgangsposition zurück. Jetzt konnten die anderen es versuchen. „Passt auf euch auf. Es gibt kein Sicherheitsnetz."

„Wow! Bei dir sieht es so leicht aus", sagte Wally mit einem schiefen Grinsen im Gesicht.

„Deshalb wurde er ja auch vom Sandmann hergebracht, das hab ich doch von Anfang an gesagt", erwiderte Pete. „Ich hoffe wirklich, dass ich nicht runterfalle … Durch so einen Sturz zu sterben, war schon immer meine größte Angst. Ich hab schon vorhin im Hubschrauber gedacht, dass es das mit mir gewesen wäre." Er blickte nach unten. „Was für eine Gemeinheit, Schüler so tief fallen zu lassen."

Das warnende Gefühl, das ich verspürte, steigerte sich zu einem flauen Grauen. Mir wurde innerlich kalt, bis tief in die Knochen hinein. Meine Brust fühlte sich eng an und mein Herz beschleunigte sich. Irgendetwas wartete auf uns. Etwas, das für uns alle gefährlich war.

Ich verlagerte unruhig mein Gewicht vom einen Fuß auf den anderen. Wegrennen oder kämpfen, eins von beidem stand mir bevor. Aber ich wusste nicht, woher die Bedrohung kam und wie sie aussehen würde. Noch dazu gab es keinen sicheren Ort, an den wir uns flüchten konnten.

„Wir müssen weiter!", rief ich, als Wally zum Sprung ansetzte. „So schnell es geht."

Mit gerunzelter Stirn sah Pete sich um.

„Spürst du das?", fragte er Gregory gerade in dem Moment, als sich bei mir ein Kribbeln genau zwischen den Schulterblättern bemerkbar machte.

Gregory ignorierte ihn und sah stattdessen Wally dabei zu, wie sie den letzten Sprung zu mir machte. Sie schaffte ihn geradezu spielerisch, jetzt, da sie wusste, dass die Plattform beweglich war. Augenblicke später landete sie anmutig neben mir.

„Ein Blick …" Pete drehte sich im Kreis. „Es fühlt sich an, als ob wir beobachtet werden." Er hob die Nase und schnupperte.

Kalter Schweiß trat mir auf die Stirn, und ich sah mir das Seil vor uns genauer an. Es war mit Knoten versehen, um das Hochklettern zu erleichtern. Und es führte mitten in den dunklen, fast schwarzen Nebel.

„Was glaubst du, was da oben ist?", fragte Wally leise.

„Schwierigkeiten", sagte ich und zog fest am Seil, um sicherzugehen, dass es uns halten würde.

Gregory landete neben uns auf der Zielplattform und ließ die bewegliche Ebene zu Pete zurückgleiten.

„Es kommt mir zu einfach vor, an diesem Seil hochzuklettern", sagte ich und ließ die bisherige Strecke vor meinem inneren Auge Revue passieren. „Der Weg hierher war kompliziert und anstrengend. Er hat uns einiges abverlangt. Und jetzt, in der letzten Phase, bietet man uns ein Seil mit Knoten an? Warum nicht gleich eine Leiter?"

„Wie sollten wir sonst hochkommen?", fragte Wally verwirrt.

„Sie meint, dass es ganz so einfach nicht sein kann", sagte Gregory, während ein Schrei von Pete die Halle erfüllte.

„Geschafft!", rief Pete. Er lag ausgestreckt auf der Transportebene wie eine zerquetschte Spinne. „Ich hab's wirklich geschafft!"

„Viel zu einfach", murmelte ich zustimmend.

„Ich kann von hier aus das Gold riechen", sagte Gregory und starrte gebannt in den Nebel. „Der Geruch ist schwach und unstet, als ob er von einer Brise hierher getragen wird. Aber wir kommen dem Bonus näher."

„Wenn ich doch auch so einen Riecher für Gold hätte", sagte Wally wehmütig. „Aber von einer Brise merke ich nichts."

Ich schüttelte den Kopf. Ich auch nicht.

„Einfach oder nicht, das ist jedenfalls der Weg nach oben." Ich legte vorsichtig eine Hand um das Seil.

Pete stieß einen Fluch aus, während er sich zitternd aufrichtete, aber glücklicherweise hielt er sein Gleichgewicht. Mit wackeligen Beinen sprang er zu uns herüber.

„Schlechte Neuigkeiten, Pete", sagte ich abwesend. Ich konnte mich kaum von den Nebeln über uns losreißen. Ich wusste, dass die Gefahr dort oben lauerte. Dass wir unser Leben aufs Spiel setzten, wenn wir das Seil benutzten. Aber taten wir das nicht ohnehin schon die ganze Zeit? Bei jedem Sprung von Plattform zu Plattform?

Nein. Das hier ist anders.

Ich schob meine düstere Vorahnung beiseite. Sie würde uns jetzt auch nicht helfen. Aber ich war mir sicher, dass ich die anderen zuerst hochschicken musste – ich wusste nur nicht, warum.

„Du solltest zuerst hoch", sagte ich zu Pete. „Der Nebel da oben erstreckt sich bestimmt über die nächsten fünfzehn Meter, und wer weiß, was dahinter auf uns wartet. Wenn du plötzlich den Halt verlierst, sollte jemand unter dir sein, der dich auffangen kann. Außerdem scheinst du ein Händchen fürs Klettern zu haben."

„Ich hasse diesen Ort", sagte Pete und trottete auf das Seil zu.

„Ja, aber wenn wir zur Prüfung deines Hauses kommen, werden wir sie alle wahrscheinlich genauso hassen." Wally klopfte Pete auf die Schulter. „Dann gleicht es sich aus."

Pete machte einen kleinen Hüpfer und hievte sich an dem Seil hoch. Ein seltsames Kribbeln durchfuhr mich.

Du gehörst nicht hierher, schien es zu sagen. *Du kommst keinen Schritt weiter.*

Als ich das Seil berührt hatte, hatte ich nichts gehört. Nur bei Pete.

Ich riss meinen Kopf nach oben, denn das Kribbeln zwischen meinen Schulterblättern verstärkte sich zu einem Kratzen von Krallen, die sich geradezu in meine Haut gruben. Der wütende Nebel über mir wirbelte umher. Irgendetwas verbarg sich dahinter und schaute auf uns herab. Ich war mir sicher.

„Halt die Augen offen, wenn du auf der anderen Seite des Nebels bist", sagte ich zu Pete und trat näher. „Kletter so schnell du kannst, aber gib Acht."

Nach und nach zog Pete sich hoch. Unbeholfen schlangen sich seine Füße um die Knoten, wenn sie nicht ins Leere traten.

„Wally, du bist die Nächste. Los." Ich schob sie auf das Seil zu. Wir konnten nicht darauf warten, dass Pete noch weiter vorauskletterte.

Nach ihr folgte Gregory, ohne dass ich etwas hätte sagen müssen. Er musste geahnt haben, dass ich die Letzte sein wollte, um im Zweifel die anderen auffangen zu können.

Ein markerschütternder Schrei zerriss die Stille. Ich fuhr herum, der Rest meiner Truppe hielt augenblicklich im Klettern inne. Mit gereckten Hälsen blickten sie über ihre Schultern nach unten. Aus dem Augenwinkel konnte ich gerade noch einen herabfallenden Körper sehen.

Vier Jungs eilten aus der Dunkelheit des Tunnels. Ihre Hände tasteten nach etwas, woran sie sich festhalten konnten, um nicht das Schicksal ihres Freundes zu teilen.

„Er wurde gestoßen!", rief einer von ihnen und blickte verunsichert hinter sich. „Ich schwöre, er wurde stoßen!"

„Los." Ich gab Gregory einen Stoß. „Los!"

Einer der Jungs, blond und muskulös, kommentierte ungerührt: „Besser er als wir."

„Colt, hast du gesehen, wer das war?", fragte ein anderer.

Ein sportlicher Typ – offenbar Colt – trat vor und hielt ein Stöckchen in die Luft. Ein Licht flackerte daran auf, schoss empor und erhellte die Halle mit schummerigem rotem Licht.

Ich nutzte die Gelegenheit, um zu sehen, was oben in den Nebeln auf uns wartete. Dort, direkt oberhalb von Pete, lauerte eins der Mädchen in Schwarz auf einer Plattform. Ihre Hand bewegte sich hin und her, und das

Messer, das sie in der Hand hielt, schimmerte im pulsierenden rötlichen Licht.

„Sie schneidet das Seil durch!", rief ich und zeigte hilflos mit dem Finger auf sie.

Ihr Blick schweifte nur kurz zu mir nach unten, funkelnd vor Gerissenheit. Wer auch immer sie war, sie schien die Große Auslese zu genießen, und andere zu sabotieren, trug erheblich zu ihrer Freude bei.

„Du musst schneller klettern! So schnell du kannst!", rief ich Pete zu, als jemand aus dem Tunnel klagte: „Das Mädchen da oben will uns den Weg abschneiden!"

Ich blickte zurück und sah, wie der blonde Typ nun ebenfalls ein Stöckchen hochhielt, aus dem ein hellblauer Lichtstrahl hervorschoss. Er flog durch die Luft und verfehlte nur knapp das Mädchen, das das Seil durchtrennte. Sie zuckte zusammen und taumelte zurück.

„Los, Pete", rief Wally. „Los!"

„Ich beeile mich ja", sagte er kurzatmig. Er kletterte hektisch. „Ich kann nicht schneller." Ein weiterer Lichtstrahl durchschnitt die Luft und schoss an mir vorbei. Die Hitze streifte meinen Arm.

Ich musste der Realität ins Auge sehen: Diese Jungs hatten *Zauberstäbe*.

„Wir sind's nicht!", schrie ich und hielt mich am Seil fest, während meine Truppe sich weiter hocharbeitete. „Wir sind nicht …"

Plötzlich bewegte sich eine dunkle Gestalt hinter einem der Jungs am Rande des Tunnels.

„Achtung!", schrie ich, aber es war zu spät. Er stürzte nach vorne und seine Hände griffen ins Leere. Sein Zauberstab war ihm keine Hilfe. Ein Lichtstrahl brach noch aus dem Stab hervor, zischte durch die Luft und explodierte an der steinernen Decke über uns. Dann hatte der Abgrund ihn verschlungen.

„Beeilung", rief der blonde Typ. Selbst aus der Entfernung war zu erkennen, dass er attraktiv und ziemlich arrogant war.

Ein leises Lachen drang im schwindenden roten Licht an meine Ohren. Das blonde Mädchen in Schwarz. Sie lugte über den Abgrund und zwinkerte mir zu … dann war sie weg.

Rasch zog ich mich am Seil hoch.

„Bei der Großen Auslese ist alles erlaubt", sagte Wally, während Pete oben im Nebel verschwand. „Es sind die Schüler mit Mordlust, vor denen man sich in Acht nehmen muss."

„Sieht so aus", knirschte ich, während ich hochkletterte.

Die Typen hinter uns waren nur noch zu dritt und machten sich an die Plattformen. Der Blondschopf schwang ebenfalls einen Zauberstab vor sich her. Fußabdrücke schimmerten auf drei der Platten – *unsere* Fußabdrücke. Er folgte uns im wahrsten Sinne des Wortes auf Schritt und Tritt, und die anderen Jungs folgten ihm. Als er die letzte der Plattformen erreicht hatte, blieb er stehen und schwenkte erneut seinen Zauberstab.

„Schummler", brummte ich. „Beeilen wir uns, Leute. Die sind fit. Die werden in null Komma nichts hier sein."

„Ich bin überrascht, dass er keine Karte dabei hat", sagte Pete angestrengt. Offenbar kannte er den Typen.

„Oh, wa– ... Was ist das? Es hört sich an, als würde etwas stöhnen."

„Das Seil!", sagte Wally ängstlich. „Es ist das Seil. Es reißt gleich! Beeil dich, Pete! Und keine Snickers-Riegel mehr. Die sind ab jetzt offiziell tabu für dich."

„Ich bin oben!", rief Pete einen Moment später. „Ich hab's geschafft!"

„Dann mach Platz für Wally!", rief Gregory.

Wally und Gregory schafften es nacheinander hoch. Die Jungs hinter uns waren nur noch ein paar Plattformen entfernt, als ich den tiefen Einschnitt im Seil erreichte. Während ich daran vorbeikletterte, löste sich ein weiterer Strang. Das Seil wurde jetzt nur noch von einem einzigen Faden zusammengehalten. Ich bezweifelte, dass es unsere Nachahmer halten würde, zumindest nicht alle drei.

Endlich konnte ich meine Finger auf den Rand der Plattform legen.

„Da geht's lang", sagte Gregory, während ich meinen Körper nach oben wuchtete.

Links von uns hing eine wackelig aussehende Hängebrücke über dem Abgrund, die zu einem weiteren Tunnel führte. Gregory zeigte nach rechts zu einem nackten Baumstamm, der über einem Meer von Holzpfählen hing. Das Ende des Baumstamms verlor sich in dunklen Nebeln – offenbar sollte uns die Ungewissheit Angst einjagen.

Auf einem Tisch an der Seite der Plattform lagen drei Ferngläser und große Metallscheiben, die ich für Schilde hielt.

„Diese Holzpfähle sind eine Illusion, oder?", sagte Pete und rückte näher an sie heran. „Sonst hätten wir sie schon von unten aus sehen müssen, aber da war nichts. Nur eine einzige, offene Höhle."

„Und wenn schon, was bringt uns das?" Gregory nahm ein Fernglas in die Hand. „Entweder werden wir aufgespießt oder wir brechen uns unten das Genick. Kein großer Unterschied."

„Die Anzahl der Opfer von–"

„Nein." Pete hielt seine Hand vor Wallys Gesicht. „Sag's nicht. Was auch immer das für eine grausame Statistik ist, ich will sie nicht hören."

Hinter mir ächzte das Seil und ich spähte hinab, um den blonden Schopf des muskulösen Typen zu erkennen, der gerade begonnen hatte, hochzuklettern. Einer seiner Freunde tat es ihm einen Moment später gleich.

„Wir haben keine Zeit mehr."

Gregory holte scharf Luft. „Da ist es", sagte er. „Ach du Sch–"

„Lass mich mal sehen." Pete schnappte sich ein Fernglas. „Leute, ich ändere meine Meinung. Ich bin dabei. Gold. Ich entscheide mich für das Gold."

Ich schnappte mir das letzte Fernglas und konnte durch den Nebel hindurch eine offenstehende Tür erkennen. Als ich dahinter den riesigen, schimmernden Haufen Gold sah, stockte mir der Atem. Es war auf einem robusten Tisch ausgebreitet, der so überfüllt war, dass unzählige Goldmünzen zu Boden gefallen waren.

„Was zum Teufel …", sagte ich leise. Aber ich durfte mich von dem Gold nicht blenden lassen – die Gefahr war noch nicht gebannt.

Jetzt sah ich, warum die Schilde bereitgestellt worden waren. Ich richtete das Fernglas auf eine efeubewachsene Mauer in der Ferne. Dort, auf einer breiten Plattform mit einer eigenen Tür im Rücken, saß kein Geringerer als Mr. Koteletten.

Ein Bogen lag in seinem Schoß, und an der Seite stand ein Köcher mit Pfeilen. Auch er hielt ein Fernglas in den Händen und beobachtete uns.

Ich zeigte ihm den Mittelfinger. Er hatte mich in all das hineingezogen, er verdiente ein bisschen Respektlosigkeit.

Auf der anderen Seite – näher bei uns – lehnte eine Frau an der Höhlenwand. Neben ihr stand ein Metallständer, in dem sechs Stöcke steckten. Nein, nicht Stöcke … Ich fokussierte mit dem Fernglas den Metallständer. Es waren Speere.

Ein reißendes Geräusch und ein Schrei erfüllten die Luft. Nach einem dumpfen Aufprall war es wieder völlig still.

Ich drehte mich um und sah den blonden Kerl, der auf unsere Holzplattform kletterte. Oben angekommen warf er einen kurzen Blick nach unten. Was er da sah, ließ ihn offenbar kalt.

„Ist das Seil gerissen?", fragte ich und eilte hinüber.

„Das willst du nicht sehen." Wally hob eine Hand, um mich davon abzuhalten, über den Rand zu schauen. „Es sei denn, du magst den Anblick abgeknickter Beine. Dann vielleicht schon."

„Colt ist ein zäher Typ. Er wird's überleben." Der Blondschopf trat von der Kante weg und machte einen großen Bogen um Wally. Offenbar vertraute er uns genauso wenig wie wir ihm. „War's das? Ist das der Weg zum Schatz der Schemen? Wie viel bieten sie denn?"

Gregory und Pete wichen zurück, als der Blonde zum Baumstamm schlenderte. Er musterte zunächst die Schilde, dann griff er nach meinem Fernglas.

Ich hielt es fest. Schließlich hatte er nicht ‚bitte' gesagt.

„Womit haben wir es hier zu tun?", fragte mich der Typ.

„Mit einem ungebetenen Gast", knurrte ich und zog mir die Cappy etwas tiefer in die Stirn. Dann wischte ich mir über mein Gesicht, das voller Schweiß und Schlamm war, der noch vom Graben an mir klebte.

Der Blondschopf musterte mich, seine Augen waren tiefblau. Wie sein Blick an mir hinunter- und wieder heraufwanderte, hatte nichts damit zu tun, wie Männer für gewöhnlich Frauen musterten. Die meisten Männer prüften zuerst das Gesicht auf Schönheit, bevor sie den Körper begutachteten. Er hingegen blähte sich ein bisschen auf, drückte die Brust raus und lehnte sich vor. Es ging um Dominanz, nicht um Attraktivität.

Weil ich in seinen Augen ebenfalls ein Typ war.

Das passte mir gut. Ob er mich attraktiv fand, konnte ich nicht kontrollieren. Aber ihm einen Tritt in den Hintern geben, das konnte ich durchaus.

Mit starrem Blick und lockerer Körperhaltung stellte ich mich seinem Gehabe. Sein Aussehen hätte mir egal sein sollen, aber blind war ich nun auch wieder nicht. Sein Gesicht entsprach dem klassischen Schönheitsideal – gerade Nase, definierte Kieferpartie und hohe Wangenknochen. Und er schien es zu wissen. Mir waren noch nicht viele solcher Leute über den Weg gelaufen, aber es war unverkennbar, dass er sich für etwas Besseres hielt.

Ich vermutete allerdings auch, dass er seine Kampffähigkeiten nicht auf die harte Tour erworben hatte. Nein, er stammte vermutlich aus einer wohlhabenden Familie und hatte nur in Sporthallen trainiert, nicht auf der Straße. Genau daraus ergab sich für mich ein Vorteil, den er nicht einmal erahnen konnte.

Grinsend reichte ich ihm das Fernglas. Jetzt war ich mir sicher, dass ich ihm etwas voraus hatte. Offensichtlich verwirrte ihn das, und er zog die Augenbrauen zusammen. Na ja, früher oder später würde er es schon selber feststellen. Bis dahin konnten wir ihn vielleicht gebrauchen. Er konnte mit dem Zauberstab umgehen, auch wenn er noch etwas an seiner Treffsicherheit arbeiten sollte.

„Von rechts Pfeile, von links Speere", sagte ich und wandte mich dem Baumstamm zu. „Am Ende wartet ein schlichter Raum, der sicherlich alle möglichen Schrecken bereithält. Auf keinen Fall würden sie so viel Gold jedem mit gutem Gleichgewicht überlassen."

Der Blondschopf hob das Fernglas und schaute sich um. Einen Moment später stieß er einen Atemzug aus. „Verdammt. Da ist der Sandmann."

„Ah, du erkennst die Koteletten, was?"

„Gutes Gleichgewicht wird gegen ihn nicht ausreichen", sagte er.

„Deshalb hat man uns wohl Schilde gegeben." Ich schob meinen Unterkiefer vor und blickte zurück auf die Hängebrücke. „Meinst du, die Mädchen haben es versucht?"

„Welche Mädchen?"

„Die fünf Mädchen, die vor uns diesen Pfad eingeschlagen haben. Ich habe gesehen, wie vier von ihnen es hier heraufgeschafft haben."

Der Blondschopf senkte das Fernglas und sah mich an. „Hat eines der Mädchen das Seil durchgeschnitten oder steckt ihr dahinter?"

„Schwer, ein Seil durchzuschneiden, während man an ihm hochklettert."

Seine Brauen senkten sich. „Für einen magisch Unbegabten schon." Er schleuderte das Fernglas auf den Tisch. Vor fremdem Eigentum hatte er eindeutig keinen Respekt. „Falls sie hier entlanggegangen sind, haben sie versagt. Das Gold ist noch da. Und die Pfähle sind eine Illusion – vielleicht sind sie heruntergefallen und bei den anderen Verlierern gelandet. Die Pfeile und Speere hingegen sind real. Sie werden uns nicht töten wollen, aber wehtun schon. Und fallen können wir auch." Er warf einen Blick auf unsere Truppe. „Bleibt nur eine Frage. Wer ist als Erster an der Reihe?"

KAPITEL 13

Ein Baumstamm, der über einen Abgrund führte. Pfähle, die nur darauf warteten, einen aufzuspießen. Und zwei Schützen, die versuchten, einen abstürzen zu lassen – auf die Pfähle oder in den Abgrund.

Das hörte sich gar nicht gut an.

„Wartet mal eine Sekunde." Ich hob beide Hände und sah Wally, Pete und Gregory an. Ich hatte einen Hang zu gefährlichen Herausforderungen, aber ich musste auch an ihre Sicherheit denken – als wären Billy und Sam bei mir. „Hört zu, das ist unglaublich gefährlich. Wie gut stehen die Chancen, dass wir das Gold bekommen?"

Pete sah Wally an.

„Ich ..." Wally verschränkte die Arme. „Für eine genaue Berechnung habe ich keine ausreichende Datengrundlage. Ich schätze, nicht sehr gut?"

„War ja klar. Da können wir deine Fähigkeiten einmal wirklich gebrauchen, und du weißt es nicht", murrte Pete.

„Was, hast du etwa Angst?" Der Blondschopf lachte mich aus. Ich spürte, dass er mich damit mehr verletzen wollte, als er konnte. Da würde er sich kreativere Beleidigungen ausdenken müssen.

Ich ignorierte ihn. „Den Baumstamm zu überqueren, wird schon schwer genug. Aber in dem Raum dahinter wartet noch mehr auf uns, darauf würde ich meine rechte Hand verwetten. Wir könnten auch einfach die Hängebrücke nach draußen nehmen, dann haben wir immer noch bestanden. Das Seil ist Geschichte, niemand sonst wird an das Gold kommen, und die Mädchen in Schwarz haben es auch nicht genommen, so viel ist klar."

„Also ich hole mir das Gold", sagte der Blondschopf zuversichtlich.

Ich deutete mit der Hand auf den Baumstamm. „Na dann, tu dir keinen Zwang an."

„Nein, warte." Pete trat vor. „Bil… ich meine, Wild. Warte. Versuch es. Geh du zuerst."

Ich riss erstaunt die Augen auf. „Ich glaube, du traust mir zu viel zu."

Wallys Stimme nahm wieder ihren Nachrichtensprecher-Ton an. „Schummler schneiden nie gut ab. Es sei denn, sie stammen aus der Helix-Familie."

Der Blondschopf schnaubte. „In was für ein Irrenhaus bin ich hier geraten? Wie sieht's aus, willst du nun gehen oder nicht? Zu sehen, wie du scheiterst, könnte nützlich für mich sein. Aber wenn du dich nicht traust, mach den Weg frei."

Pete stahl sich zu mir herüber, den Rücken gebeugt und den Kopf gesenkt. Er wirkte eingeschüchtert vom Blondschopf.

„Der da bekommt alles auf dem Silbertablett serviert", sagte Pete leise. „Sein Vater hat ihm wahrscheinlich genau gesagt, wie er gewinnt. Welche Zaubersprüche er benutzen soll, wem er folgen soll, wen er zuerst ausschalten soll. Das können wir ihm nicht einfach durchgehen lassen. Du solltest das Gold kriegen, nicht er."

„Was ist aus ‚wir' geworden?", murmelte ich, während der Blondschopf sich bückte, um den Baumstamm genauer anzusehen. Er stieß ihn mit dem Fuß an.

„Wir werden nicht zulassen, dass er dich ausschaltet, wenn du beim Gold bist", flüsterte Pete mir zu. Er zuckte mit dem Kopf zu Gregory hinüber, und ich sah, dass auch er den Blondschopf mit kaum verhohlener Verachtung beäugte.

„Was macht ihn so besonders?", fragte ich. Gleichzeitig überlegte ich, wie ich ans Gold kommen könnte. Den Baumstamm zu überqueren, würde nicht das Problem sein. Den Bach auf unserem Grundstück hatte ich unzählige Male mit Baumstämmen, Felsen und jeder erdenklichen Brücke überquert. Beschuss war ich dabei auch gewohnt, wenn man Felsbrocken, Steinschleudern, Farbpatronen und ein totes Opossum gelten ließ. Als Jüngste und einziges Mädchen in unserer Bande war ich oft die Außenseiterin gewesen. Ich war immer dazu auserwählt worden, die Rolle des Feindes zu spielen – und gut darin geworden, Dauerfeuer auszuweichen.

Aber all das würde mir nur auf dem Weg hin zu diesem Raum helfen. Was mich dort erwartete, konnte ich nicht abschätzen. Trotz der offenkundigen Gefahren brannte ich darauf, mich der Aufgabe zu stellen. Und wenn ich die anderen nicht in meine schlechten Entscheidungen mit hineinziehen musste, konnte ich das sogar ohne schlechtes Gewissen tun.

„Das ist Ethan Helix, der Sohn von Bruce Helix", sagte Pete und wartete gespannt.

Mein Kopfschütteln entsprach nicht der Reaktion, die er erwartet hatte.

„*Bruce Helix*." Eine weitere Pause, gefolgt von ungläubigen Blicken. „Meine Güte, weißt du denn gar nichts über die magische Welt?"

„Ich wusste nicht einmal, dass es eine gibt", sagte ich.

Er verdrehte fassungslos die Augen. „Der leitet die nordamerikanische Abteilung von Shadowlight. Er ist mächtig, reich, und sein Stammbaum reicht Jahrhunderte zurück. Er ist eine große Nummer. *Die* große Nummer."

„Meistens sind die größten Nummern auch die größten Aufschneider", entgegnete ich schnippisch.

Pete beugte sich näher vor. „Er ist ein Aufschneider mit gewaltigem Einfluss. Ein Helix gewinnt immer, Wild. Das gilt für die ganze Familie. Sie sind immer obenauf. Wenn nur einmal jemand anderes …" Er verstummte, aber ich wusste genau, was er sagen wollte.

Es wäre schön, wenn nur einmal ein anderer gewinnen würde. Wenn der Außenseiter den Preis mit nach Hause nehmen würde.

Ich nickte. Plötzlich war ich voller Entschlossenheit. „Dann wollen wir mal sehen, wie sich ein Bauernmä… ein Bauernjunge aus dem texanischen Niemandsland macht!"

Petes Grinsen zog sich vom einen Ohr zum anderen.

„Meine Damen und Herren", sagte Wally mit ihrer monotonen Stimme. „Halten Sie sich fest. Die Show beginnt."

„Hast du was gesagt, Schreckschraube?", fragte Ethan genervt.

„Ich gehe zuerst." Ich stolzierte auf den Tisch neben dem Baumstamm zu. Wenn ich mich beeilte, würde ich keine Zeit haben, um über die offensichtlichen Unterschiede zwischen dem Bach zu Hause und diesem Baumstamm nachzudenken. Oder über den Abgrund. Ich würde auch nicht über das völlig unterschiedliche Schmerzpotenzial eines gut platzierten Pfeils oder Speers im Vergleich zu einer Farbpatrone nachdenken. Und erst recht nicht über die Fallen, die mich im Goldraum erwarteten.

Nein, am besten zerbrach ich mir gar nicht erst den Kopf darüber.

Ich hob einen der Schilde auf. Er war nicht allzu schwer, und während ich ihn hielt, schien er sogar leichter zu werden. Ich schnappte mir gleich noch einen zweiten. Ich würde mich nicht ständig auf dem Baumstamm umdrehen können, um sowohl Pfeile als auch Speere abzuwehren.

Adrenalin durchströmte mich. „Das Glück ist mit den Mutigen", murmelte ich. Das war Rorys Lieblingsspruch gewesen, als wir klein gewesen waren.

„Was für ein Zirkus", knurrte Ethan.

Ich platzierte sorgfältig einen Fuß auf den Stamm und verlagerte mein Gewicht. Er gab nicht nach, also wagte ich mich ein bisschen weiter vor. Der Stamm war fest. „Auf geht's."

Während ich meine ersten Schritte machte, setzte Wally das Fernglas an. „Unser Held betritt den Baumstamm", sagte sie mit ihrer Nachrichtensprecherstimme.

„Nicht nach unten gucken!", rief Pete.

Ich biss die Zähne zusammen und ignorierte den Drang, genau das zu tun. Ich richtete meinen Blick stur geradeaus und entspannte mich. Vertraute auf meinen Gleichgewichtssinn.

Ein leichter Windhauch glitt über meine Haut.

„Pfeil von rechts!", rief Wally.

Blitzschnell duckte ich mich zwischen meine Schilde. Aber ich war zu groß, sie deckten nicht alles ab. Der Pfeil sauste knapp hinter meinem Kopf durch die Luft. Wäre ich nicht ausgewichen, hätte er mir ein neues Ohrloch beschert.

Tötungen standen also doch auf der Agenda. Mr. Koteletten würde sich bei mir nicht zurückhalten, Motivationsrede hin oder her. Ich hatte auch nicht damit gerechnet, zumal er noch eine Rechnung mit mir offen hatte. Wegen der Sache mit seinem Auto und dem Straßengraben. Wahrscheinlich hatte ihn das schlecht dastehen lassen.

„Wally", rief ich, als ich das nächste Warnsignal von links wahrnahm. „Du musst die Angriffe als Todeszonen ansagen! Kopfhöhe, Brusthöhe, Bauch und so weiter!"

„Geht klar –"

„Brust, Brust, Brust, Brust, *Brust*!", rief Pete.

Ich blieb felsenfest stehen, und ein Speer prallte frontal an meinem Schild ab. Der Stoß ließ mich fast nach rechts abstürzen, und ich fand mein Gleichgewicht nur knapp wieder.

Von rechts her spürte ich die nächste Gefahr.

„Rechts. Beine!", rief Wally, während mir Pete dasselbe in einer deutlich höheren Tonlage sagte.

Zwei schnelle Schritte später konzentrierte ich mich wieder auf den Stamm unter meinen Füßen. Auf mein

Gleichgewicht. Auf die Warnsignale meines Körpers. Als ich meine Konzentration wiedergefunden hatte, hockte ich mich blitzartig zwischen meine Schilde. Ein Pfeil zischte haarscharf an mir vorbei. Mr. Koteletten hatte dieses Manöver nicht erwartet, und er war zu weit weg, um auf plötzliche Bewegungen schnell genug zu reagieren.

„Links, Brust!", rief Pete.

Seine Warnung – und ein Kribbeln von links – gab mir genug Zeit, mich auf den Aufprall vorzubereiten. Der Speer rammte sich mit gewaltiger Wucht in meinen Schild und warf mich aus dem Gleichgewicht. Ich brauchte einen Moment, um meinen Stand wiederzufinden, aber ein weiterer Angriff war bereits im Anmarsch.

„Rechts, Beine", rief Wally. „Rechts, Kopf. Rechts, Arm. *Lauf!*"

Instinktiv drehte ich mich um und machte zwei schnelle Schritte zurück in die Richtung, aus der ich gekommen war. Den Schild hielt ich auf Körperhöhe, ein Pfeil streifte seinen Rand. Auch die anderen verfehlten mich, aber nur um Haaresbreite. Ich drehte mich wieder nach vorn. Ich musste mich beeilen und mich konzentrieren. Mich auf meine Fähigkeiten besinnen. Ruhig bleiben.

„Gut gemacht!", rief Pete.

„Sie macht zwei Speere bereit", rief Gregory. „Links, zwei auf einmal."

„Der Sandmann hat seinen Bogen gesenkt", rief Wally. „Keine Ahnung, warum."

„Weil er seine Beute beobachtet", sagte ich leise zu mir selbst. Ich wollte ihn nicht noch anstacheln. Dann rief ich lauter: „Haltet mich auf dem Laufenden! Über alles, was sie tun!"

„Verstanden", rief Wally.

„Sie wirft", sagte Pete. „Zwei Speere, einen in jeder Hand. Was zum Teufel – ist sie beidhändig?"

„Körper, ganzer Körper!", rief Gregory.

Ich eilte nach vorn und erreichte die Mitte des Baumstamms.

„Aufprall!", rief Pete.

Die Speere trafen die Kante meines Schildes, und die heftige Wucht hätte mich fast von den Füßen gerissen. Ich fluchte leise vor mich hin und nahm mir eine Sekunde Zeit, um innezuhalten und meinen Kopf wieder frei zu bekommen. Ich atmete langsam aus, aber schon hörte ich Wally rufen: „Er macht sich bereit – Dauerfeuer, Dauerfeuer!"

„Wohin?", rief ich, aber es war zu spät. Der erste Pfeil pfiff nur wenige Zentimeter von meiner Nasenspitze entfernt vorbei. Ich ließ mich fallen und kauerte zwischen meinen Schilden. Ein weiterer schlitzte meinen Nacken auf. Ich zog eine gequälte Grimasse. Der dritte Pfeil segelte über mich hinweg, ein vierter blieb in meinem Schild stecken.

Mr. Koteletten sparte keine Stelle aus. Er zwang mich förmlich auf den Boden.

Als hätte er meine Gedanken gehört, schrie Gregory: „Los, los, los!"

Das ließ ich mir nicht zweimal sagen.

„Da kommt noch einer", rief Pete. „Links! Links! Ich meine, Oberkörper!"

Den Plan der Speerwerferin kannte ich bereits – die Wucht ihrer Geschosse sollte mir das Gleichgewicht rauben und mich in die Verteidigung zwingen. Dorthin, wo Mr. Koteletten und sein Pfeilhagel mich erwarteten.

Pass dich an, verdammt, rügte ich mich selbst. *Du kennst ihre Taktik. Pass dich an und komm von diesem Baumstamm runter!*

Ich lief voran und sah aus dem Augenwinkel etwas von links auf mich zufliegen. Ich drehte mich ein wenig und winkelte den Schild an. Der Speer prallte ab, und einen Teil des Aufpralls konnte ich abfedern.

„Dauerfeuer, Dauerfeuer!", rief Wally. „Überall! Oben, unten –"

Ich eilte vorwärts, fast im Sprint, den Blick nur auf den Baumstamm und den Schild gerichtet, der meine lebenswichtigen Organe bedeckte. Ein brennender Schmerz durchfuhr meine Wade und strahlte das ganze Bein hinauf. Metallene Pfeilspitzen schepperten gegen den Schild.

Der Nebel lichtete sich langsam, als ich mich dem Ende des Baumstamms näherte, und vor mir konnte ich undeutlich die Tür erkennen. Eine Pfeilspitze streifte meine Cappy, ich zuckte zusammen und hob den Schild. Ich ging in die Hocke und holte tief Luft, um nicht meine Balance zu verlieren. Ich dachte an die Pfähle unter mir. Und an den langen Sturz, wenn die Pfähle doch nur eine Illusion gewesen sein sollten.

„Links. Warte, sie – links! Sie holt aus!", rief Pete. Ich schnellte hoch, das Herz in der Kehle. Sie hatten mich aus dem Takt gebracht. Der Speer schlug gegen den Schild und der Aufprall ließ meinen Arm vibrieren, war aber nicht so stark wie zuvor. Ich war zu weit weg. Sie hatte ihre Chance verpasst.

Der Verrückte mit den Pfeilen war dafür umso näher.

„Dauerfeuer!", rief Wally wieder, und ich wuchtete meinen linken Schild auf meine rechte Seite. Mit beiden Schilden auf einmal konnte ich meinen ganzen Körper schützen. Aber das Gewicht der beiden Platten zog mich Richtung Abgrund. Ich atmete so langsam, wie ich konnte, und marschierte vorwärts.

Metall klirrte gegen Metall. Die Pfeile schlugen mit einer derartigen Geschwindigkeit ein, dass mir der Mund offen stand. Ich konnte nicht glauben, dass jemand so schnell schießen und dabei aus dieser Entfernung kontinuierlich sein Ziel treffen konnte.

„Links!", brüllte Pete. „Körper!"

Ich hievte den linken Schild mühsam zurück. Ich konnte kaum noch atmen. Jetzt war Durchhaltevermögen gefragt. Ein Pfeil prallte gegen meinen Stiefel, aber nicht stark genug, um das Leder zu durchdringen. Plötzlich flammte auch in meinem Knie Schmerz auf, und ich schnappte nach Luft. Ein weiterer Pfeil schlitzte meine Hose auf und verwundete die Rückseite meines

Oberschenkels. Ich taumelte, als schon wieder ein Speer in den linken Schild einschlug und mich nach rechts warf.

Verzweifelt streckte ich meine Arme nach links aus. Ich war so nah an der nächsten Plattform, dass ich fast springen konnte. Aber die Schilde behinderten mich und der Schmerz, der mein Bein hochzog, machte meinen Stand unsicher. Pete schrie, Wally brüllte, aber ich kam nicht mehr hoch. Meine Füße rutschten ab.

Ich war dabei, zu stürzen.

KAPITEL 14

Ich ließ die Schilde fallen, um mich mit den Händen am Baumstamm festzuhalten. Meine Füße strampelten in der Luft. Aber ich klammerte mich von unten an den Stamm.

Die Plattform, wo der Baumstamm endete, war nur ein paar Schritte entfernt. Ich sammelte meine Kräfte und hangelte mich das letzte Stück vorwärts. Meine Hände brannten, die Rinde schnitt mir in die Haut. Aber ich rutschte nicht ab. Endlich erreichte ich die Kante. Ich packte sie verzweifelt, erst mit der einen Hand, dann mit der anderen. Ächzend zog ich mich hoch und hievte mich auf festen Boden.

Ein einziger Pfeil hätte gereicht, um mich jetzt zu erledigen. Aber kein Pfeil kam. Kein Speer.

Mein Körper zitterte und schmerzte, aber ich hatte es geschafft.

Die tiefe Stille um mich herum wurde nur durch mein Keuchen und das Hämmern meines Herzschlags unterbrochen.

Für einen kurzen Moment schloss ich die Augen. Es war sinnlos, noch Deckung zu suchen. Wenn Mr. Koteletten mich hätte töten wollen, hätte er die Gelegenheit bereits genutzt.

Petes Stimme drang zu mir. „Ich glaube es nicht! Habt ihr das gesehen? Habe ich nicht gesagt, dass er gut ist? Er ist so verdammt gut! Deshalb hat der Sandmann Interesse an ihm gezeigt. Habt ihr das gesehen?"

Pete hatte wohl keine hohen Ansprüche. Ich blutete an mehreren Stellen, war zu Tode erschöpft und wäre um Haaresbreite abgestürzt. Und das, obwohl mir ein ganzes Team von Leuten geholfen hatte. Einen Extrapreis für hervorragende Leistungen erwartete ich nicht gerade. Aber ich hatte ich es geschafft. Das war einige Punkte wert. Und wir waren dem Gold einen Schritt näher.

Langsam richtete ich mich mit Händen und Knien auf.

Die Speerwerferin hatte keine Waffe mehr in der Hand. Sie beobachtete mich einfach nur. Auf der anderen Seite konnte ich schemenhaft Mr. Koteletten erkennen, der auf seinem Stuhl saß und mich ebenfalls nicht aus den Augen ließ. Diese Etappe war also abgeschlossen.

Ich hoffte wirklich, dass das nicht bloß der einfachere Teil gewesen war. Aber ich hatte das dunkle Gefühl, dass die eigentliche Gefahr noch auf mich wartete.

Am anderen Ende des Baumstamms stand Ethan bereit und beäugte mich neugierig. Er hatte nicht vor, das Gold mir zu überlassen. Die anderen umzingelten ihn und grinsten mir zu. Wally streckte einen Daumen in die Höhe und lächelte breit.

„Und weiter", keuchte ich, aber diesmal schwang in meiner Stimme keine freudige Erwartung mit. Das Gefühl von kämpferischer Zuversicht war verschwunden. Der nackte Kampf ums Überleben hatte mich erschöpft.

Ich trat über die Schwelle der offenen Tür in den runden Raum dahinter. Er war makellos weiß. Der glänzende Boden quietschte unter meinen Schuhsohlen. Der große Haufen Gold glitzerte im grellen Licht – genau wie die eisernen Waffen jeder erdenklichen Art, die hier gelagert wurden. Sie waren an Haken an der Wand befestigt und häuften sich auf zahlreichen, mit Stoff überzogenen Tischen. Auf der gegenüberliegenden Seite befand sich eine Schiebetür.

Nach einem weiteren Schritt in Richtung Gold war es, als hätte jemand einen Schalter in mir umgelegt. Meine Trägheit war verschwunden, und ich glühte vor Aufregung.

Ich umschlang mein Knie und übte Druck auf die pochende Wunde aus, bevor ich meinen Nacken betastete. Meine Finger wurden rot. Klasse, ich war wirklich in bester Verfassung für einen Kampf gegen den irren Waffennarr, der mich wahrscheinlich angreifen würde, weil ich seine heilige Halle beschmutzt hatte. So ungefähr stellte ich es mir jedenfalls vor.

Während ich dort stand, wurde die Stille um mich herum immer schwerer. Irgendwo lauerte Gefahr. Der Angreifer wartete lediglich auf den richtigen Augenblick. Das gruselige Gefühl von vorhin verstärkte sich, es erstickte mich geradezu.

„Komm raus", sagte ich leise und machte einen Schritt auf das Gold zu. „Komm raus, wo auch immer du steckst. Irgendwo musst du sein. Ich weiß es, du weißt es, und du weißt, dass ich es weiß. Also *komm raus.*"

Ich trat weiter vor. Ich war inzwischen nur noch ein paar Schritte davon entfernt, das Gold zu berühren. Das würde der Auslöser sein, so viel wusste ich, aber was passierte dann? Wo würde mein Gegner auftauchen, und mit welcher Waffe?

Ich spürte den Druck des Messers an meiner Hüfte. Im Vergleich zu den anderen, die hier ausgestellt waren, sah es aus wie ein Obstmesser. Ich machte noch einen Schritt. Dann noch einen – jetzt trennten mich weniger als drei Meter vom Schatz. Vor lauter Anspannung konnte ich kaum atmen. Ich machte noch einen Schritt und hörte hinter mir ein lautes Schaben.

Sich direkt umzudrehen, wäre ein potenziell tödlicher Fehler gewesen, denn dann hatte ich die andere Tür vor mir nicht mehr im Blick. Also duckte ich mich schräg weg und legte den Kopf schief, um die Situation aus dem Augenwinkel einschätzen zu können. Die Tür, durch die ich gekommen war, stand noch offen. Aber eine glänzende Fläche – eine durchsichtige Wand – senkte sich von oben herab und versiegelte den Eingang. Ich war eingeschlossen. Die Uhr an meinem Handgelenk vibrierte.

Ungefähr so hatte ich mir vorgestellt, dass es laufen würde.

Auf einmal begann das Gold zu schimmern – ohne dass es angestrahlt wurde. Als ich genauer hinsah, fiel mir auf, dass es durchsichtig wurde. Es flimmerte noch kurz, dann löste es sich in Luft auf.

Noch eine Illusion. Es war keine einzige Münze übrig.

„Toll", sagte ich sarkastisch und stellte mich an die Seite des Raums, um eine feste Wand im Rücken zu haben.

Plötzlich glitt die andere Tür, die eben noch hinter einem Goldhaufen gelegen hatte, zur Seite und gab den Blick auf eine feingliedrige Blondine frei. Genau diejenige, die wir zuletzt beim Durchschneiden eines gewissen Seils gesehen hatten. Ich war davon ausgegangen, dass sie zur Mädchenclique gehörte.

Fast hätte ich lauthals *Du!* gerufen. Aber ich hielt mich zurück.

So, wie sie grinste, konnte sie wohl ahnen, was in mir vorging. Sie zwinkerte mir zu, in ihren Augen glänzte Schadenfreude.

„Willkommen bei der Großen Auslese", sagte sie fast gelangweilt. „Ich bin jetzt in meinem zweiten Jahr im Haus der Schemen. Letztes Jahr habe ich diesen Test bestanden und das Gold geholt. Dieses Jahr wurde ich dafür ausgewählt, die Einweisung der neuen Schüler zu übernehmen. Für den Fall, dass es überhaupt jemand so weit schaffen sollte ..."

„Einweisung? Ist damit gemeint, diese Person zu töten?"

Sie lächelte. „Selbstverständlich nur ein wenig zu verstümmeln." Sie trat vor, und die Tür hinter ihr glitt wieder zu.

„Und wie soll das laufen?", fragte ich. „Du versuchst, mich zu verstümmeln, und ich versuche ... *dich* zu verstümmeln?"

Ihr Lächeln wurde breiter. „Dein Ziel soll es sein, mich zu besiegen. Ist das nicht offensichtlich? Wenn du mich dazu bringen kannst, aufzugeben, gehört das Gold dir. Wenn du scheiterst, kommst du zu den Heilern."

Heiler. Das waren wenigstens gute Nachrichten.

Wie aus dem Nichts segelte ein Wurfstern auf mein Gesicht zu. Ich hatte nicht mal gesehen, wie sie sich bewegt hatte!

„Was zum ..." Ich konnte gerade so ausweichen und machte eine Rolle über den weißen Boden. Ein weiterer Stern flog mit einem pfeifenden Geräusch auf mich zu. Als er an mir vorbeizischte, streifte er mein Hemd.

Ich musste in Bewegung bleiben.

Ich rappelte mich auf, und der nächste Wurfstern prallte genau da auf den Boden, wo ich eben noch gekauert hatte. Die Frau konnte gut zielen, aber auf meine Bewegungen reagierte sie nicht schnell genug. Das musste ich zu meinem Vorteil nutzen.

Auf dem Tisch zwei Meter entfernt von mir lagen ähnliche Waffen. Ich schnappte mir einen Wurfstern, der um einiges größer und böser gezackt als ihre Exemplare war. Ich holte aus und warf. Ich hatte mit einem stümperhaften Wurf gerechnet, der mir höchstens ein bisschen Zeit verschaffen würde. Stattdessen flog der Stern schnell und präzise. Er schraubte sich zielsicher durch die Luft, direkt auf ihren Bauch zu.

Für einen kurzen Moment weiteten sich ihre Augen, bevor sie katzenhaft auswich. Ihre flüssigen Bewegungen ließen ein angeborenes Talent erahnen, das durch Training noch verfeinert worden war. Ich nahm mir einen Streitkolben aus einem Regal in der Nähe. Ich hatte allerdings nicht die geringste Absicht, meiner Gegnerin näherzukommen – ich warf den Kolben einfach in ihre Richtung und machte mir keine großen Hoffnungen. Ich musste irgendwie Zeit gewinnen.

Sie umging das Wurfgeschoss mit einer mühelosen Drehung. Dann sprang sie aus dem Stand in die Luft, um knapp einer imposanten Axt zu entkommen, die ihr beinahe einen Stiefel gekostet hätte. Beim Axtwerfen fehlte mir die Übung.

„Du siehst ganz schön mitgenommen aus", sagte sie und griff sich ein Feldmesser mit Sägezahnklinge.

„Besser mitgenommen als bestellt und nicht abgeholt, Süße." Ich nahm eine Peitsche vom Haken. Ich brauchte etwas, um sie auf Abstand zu halten. Ich musste mir eine Taktik überlegen, und bis ich die hatte, würde ich sie hinhalten müssen. Ich war zwar erschöpft, aber lange harte Tage war ich gewohnt. Ich hätte mein letztes Hemd darauf gewettet, dass sie noch nie stundenlang mit einer Kuh gerungen hatte, geschweige denn mit einem Bullen in Whiskers' Größenordnung.

Sie rannte auf mich zu, das Messer seitlich von sich weggestreckt. Offenbar konnte sie mit dem Ding umgehen.

Ich schlug mit der Peitsche. Die Spitze rauschte durch die Luft und schnappte mit einem lauten Knall direkt neben ihrem Kopf zu.

Wieder riss sie die Augen auf und flüchtete auf die andere Seite des Raumes. Hinter ihr, durch die durchsichtige Wand hindurch, erhaschte ich einen Blick auf Ethan. Er war bereits zur Mitte des Baumstamms vorgedrungen. Das Ende seines Zauberstabs glühte, und die Pfeile prallten an einem unsichtbaren Schild ab. So etwas hätte ich auch gut gebrauchen können. Wally und Gregory standen direkt hinter ihm. Gegenüber lauerte ein kleines Tier, das wie ein Dachs aussah. Es hielt Ethan wacker in Schach, seiner Magie zum Trotz.

Wo zum Teufel war dieser Dachs hergekommen?

Ein Messer flog aus dem Nichts auf mich zu und lenkte meine Aufmerksamkeit zurück auf den Raum. Ich duckte mich nach rechts, nur knapp flog es an meinem Kopf vorbei. Ich holte erneut mit der Peitsche aus. Ihr Griff lag mir erstaunlich gut in der Hand. Als würde ich einem alten Freund die Hand schütteln. Die Peitschenspitze fand den kürzesten Weg zu meiner Angreiferin. Sie öffnete eine knapp zehn Zentimeter lange Wunde auf ihrem Unterarm.

„Wie kann jemand in deinem Alter so eine Waffe beherrschen?", fragte sie, und in ihrer Stimme hörte ich Frustration.

Ich hatte auch keine Ahnung, also grinste ich sie einfach an. „Naturtalent."

Ihre linke Hand fuhr an ihrer Hüfte vorbei und zückte ein verborgenes Messer. Es rotierte in der Luft und zog um Haaresbreite an meinem Gesicht vorbei.

Ich ließ die Peitsche zucken. Jetzt erwischte ich ihren Oberarm, der Riss ging durch Stoff und Haut. Blut quoll hervor.

Sie duckte sich weg und sprang dann mit einem Salto auf mich zu. Ich versuchte, mit der Peitsche auszuholen, aber meine Gegnerin war zu schnell. Ich würde es nicht schaffen. Also warf ich ihr kurzerhand das ganze Ding entgegen und nahm mir stattdessen einen langen Dolch.

Sie landete auf dem Rücken, sprang aber gleich wieder auf die Beine, als hätte sie Sprungfedern in ihrem Körper. Ich konnte kaum blinzeln, schon traf ihre blitzschnelle Faust meine Nase. Mein Kopf wurde zurückgeworfen, meine Augen tränten. Ich wich einem weiteren Haken von unten aus und taumelte aus dem Weg.

Keine gute Idee.

Mit einer fließenden Bewegung wirbelte sie um die eigene Achse, hob ihren Fuß und warf ihn mit voller Wucht auf meine Brust. Ich spürte, wie letzte Rest Luft aus meiner Lunge gedrückt wurde, bevor ich rückwärts gegen einen der Waffentische flog. Klingen rasselten um mich herum auf den Boden. Eine riss meinen Arm auf, eine andere Messerspitze bohrte sich in mein Bein. Ich stöhnte vor Schmerz, während mich ich zurück auf die Füße kämpfte.

Sie kam tänzelnd auf mich zu, anmutig wie ein Todesengel. Ihr Messer sauste durch die Luft.

Ich musste aufhören zu improvisieren. Zeit, mich auf das zu besinnen, was ich kannte.

Ich riss mir das Messer von der Hüfte. Es lag gut in der Hand – es war mir auf eine Weise vertraut, wie es keine andere dieser Waffen sein konnte. Ich wich ihrer nächsten Messerattacke aus und konterte mit meiner eigenen. Meine kurze, aber scharfe Klinge ritzte ihre Haut auf.

Sie holte tief Luft und versuchte, sich wegzudrehen, aber ich blieb an ihr dran. Ich verbannte alle Zurückhaltung aus meinem Kopf, alles Mitleid. Wenn es für mich Heiler geben sollte, konnten die sich genauso gut auch um sie kümmern.

Sie duckte sich, machte eine Rolle, sprang wieder auf, und schon wirbelte noch ein Wurfmesser durch die Luft. Mit einer blitzschnellen Bewegung schlug ich das Messer zur Seite.

Für einen Augenblick blickte ich selber verdutzt. Ich hätte nicht gedacht, dass es möglich war, ein geworfenes

Messer aus der Luft zu schlagen – ich hatte es ohne nachzudenken getan.

Sie trat näher und versuchte erneut, mich mit einem Messer zu treffen, verfehlte mich aber und schlug mir stattdessen ins Gesicht. Das Blut tropfte nur so von meinem Kinn und mein linkes Auge schwoll zu, aber ich hörte nicht auf. Ich war zu weit gekommen, um so kurz vor dem Ziel besiegt zu werden.

Ich machte einen Schritt auf sie zu. Ich war gute fünf Zentimeter größer als sie, damit hatte ich eine viel größere Reichweite. Augenblicklich rammte ich mein Messer seitlich in ihre Taille – und ignorierte den Teil meines Verstandes, der mich normalerweise von so etwas abgehalten hätte. Wenn ich bisher irgendetwas gelernt hatte, dann, dass es hier keine Haftstrafen gab.

Sie stieß ein schmerzerfülltes Grunzen aus, wurde aber nicht langsamer. Ich wich ihrem schwingenden Arm aus, blieb außerhalb ihrer Reichweite und stach erneut zu.

Sie blockte ab und schlitzte meinen Arm auf. Der Schmerz ließ meine Knie schwach werden. Aber ich presste die Zähne zusammen und ließ meine Klinge vorschnellen. Sie grub sich in die andere Seite ihrer Taille und hinterließ eine klaffende Wunde. Die Angreiferin taumelte wie betrunken und drückte einen Arm auf ihre Seite.

Die Gelegenheit ließ ich mir nicht entgehen. Ich setzte meine langen Beine ein, um ihr gegen das Schienbein zu treten. Ich verfehlte sie, aber ich duckte mich und trat ihr mit meinem anderen Bein gegen den Oberschenkel. Ihre Beine knickten ein. Ich hatte sie endlich zu Boden gebracht.

Rufe erfüllten den Raum. Ein Licht flackerte auf.

Ethan.

Von Gott weiß woher flogen Wurfmesser durch die Luft, eines bohrte sich in sein Bein.

Rasch beugte ich mich vor, um zu Ende zu bringen, was ich mit dieser Frau angefangen hatte. Ich ließ den Griff meines Messers mit voller Wucht auf ihre Stirn knallen. Ihre Augen wurden leer, und sie sackte schlaff zusammen.

Sie würde mit immensen Kopfschmerzen aufwachen, so viel war sicher. Irgendwie gefiel mir die Vorstellung.

Als ich mich keuchend zurücklehnte, von brennendem Schmerz erfüllt, richtete Ethan seinen Zauberstab auf die Frau. Ein Lichtstrahl schoss auf ihre Brust zu und löste in ihrem Körper Zuckungen aus.

„Nein", sagte ich und bedeutete ihm, aufzuhören. „Nicht mehr nötig, ich –"

Auf einmal kehrte das Gold schimmernd in den Raum zurück, so greifbar wie zuvor. Die Tür an der Rückseite des Raumes glitt auf, bunte Lichter schienen von der Decke herab. Plötzlich war der Raum von grinsenden Leuten erfüllt, während der Dachs von vorhin sich vor das Gold stellte und den rotgesichtigen Ethan anknurrte.

„Sie haben es tatsächlich geschafft", sagte ein dunkelhäutiger Mann mit strahlendweißem Zahnpastalächeln. Applaudierend positionierte er sich neben dem Tisch mit dem Gold. „Ich glaube, das ist das erste Mal, dass jemand, der nicht aus dem Haus der Schemen stammt, den letzten Teil dieser Prüfung besteht."

„Geschafft hat es Wild", sagte Wally frustriert, die Fäuste geballt. „Ich meine, Billy. Billy hat es geschafft, und zwar ohne zu schummeln."

„Wer hat sie besiegt?", fragte der Mann.

„Ich war es", sagte ich und erhob mich vom Boden. Mein Gesicht war blutüberströmt. „Ich war derjenige, der sie ausgeknockt hat."

Der Mann hielt inne, sein Lächeln entgleiste. Er ließ seinen Blick über meine zahlreichen Wunden schweifen.

Ethan lachte, um die gespannte Stimmung zu überspielen. „Du hast dein Bestes gegeben, sicher", sagte er voller Leichtigkeit und Zuversicht. Sein Charisma ergoss sich förmlich über den Raum, ganz der verwöhnte Goldjunge, der eines Tages in die Fußstapfen seines Vaters treten und die Welt regieren würde. „Aber wir wissen beide, dass es meine Zauberei war, die sie am Ende ausgeschaltet hat. Sieh dich an. Du hättest nicht viel länger durchgehalten. Wenn ich nicht übernommen hätte, wäre das Ganze anders ausgegangen."

„Woher kennt er überhaupt diese Zaubersprüche?" Wally zeigte mit dem Finger auf Ethan. „Er wurde auf diesen Kurs vorbereitet. Das ist gegen die Regeln! Seine Zauberei ist eindeutig zu fortgeschritten für jemanden in seinem Alter!"

„Auf dem Prüfungsgelände gibt es keine Beschränkungen, was Zaubersprüche angeht", sagte Ethan mit zufriedenem Lächeln. Er schlenderte zum dunkelhäutigen Mann hinüber, um ihm die Hand zu schütteln. „Ich bin halt Klassenbester. Was soll ich sagen?"

Die Stirn des Mannes legte sich in Falten. „Es scheint, als gäbe es bei dieser Prüfung mehr als einen Gewinner. Auch das ist ein Novum, glaube ich."

„Ethan hat Wild die ganze Arbeit machen lassen", sagte Gregory, der sich in eine Ecke gestellt hatte. „Billy, meine ich. Ethan hat gar nichts dazu beigetragen."

Der Mann senkte seine Augenbrauen so weit ab, dass sie genauso gut sein Schnurrbart hätten sein können. „Du bist ... Billy?", fragte er mich.

Erschrocken stellte ich fest, dass ich unterwegs meine Cappy verloren hatte. Ich zog mein Hemd herunter und vergewisserte mich, dass mein Sport-BH noch saß. Dann strich ich mir die Haare aus der Stirn. Blut tropfte weiterhin von meiner Nase herab, und ich nutzte es als Vorwand, um mein Gesicht hinter einer Hand zu verbergen.

Vielleicht sollte ich besser Ethan das Rampenlicht überlassen. Ich konnte die Aufmerksamkeit nicht gebrauchen. Das Letzte, was ich jetzt wollte, war enttarnt zu werden.

Ich zuckte mit den Schultern. „Ethan hat es hierher geschafft", sagte ich schließlich.

Wally sackte in sich zusammen, und der Dachs knurrte noch lauter. Er scharrte mit den Hinterläufen, die Krallen kratzten den Boden auf. Ein süßlich-ranziger Geruch ging von ihm aus, der mir irgendwie vertraut vorkam ... Hatte so nicht Pete gerochen? Gregory stand weiterhin in der Ecke und blickte mit hängenden Schultern auf den Boden.

Ich würde also dem reichen, gutaussehenden jungen Mann, der alles hatte, den Vortritt lassen. Das bedeutete auch, mein Team zu enttäuschen. Aber ich hatte keine andere Wahl. Nicht, wenn ich meine Identität wahren wollte. Ich musste mich im unauffälligen Mittelfeld bewegen. Die Sicherheit meiner Familie hing davon ab. Und die bedeutete mir mehr als ein paar Jugendliche, die ich gerade erst kennengelernt hatte.

„Nun, wie dem auch sei, wir werden uns um alles kümmern." Der Mann lächelte und wies Ethan den Weg zur Tür. „Kommen Sie, wir drehen eine Runde und stellen Sie vor. Oder kennen Sie schon alle?"

Die beiden lachten, als wären sie schon jetzt dicke Freunde, und ließen uns zurück.

KAPITEL 15

Der weiße Raum leerte sich allmählich. Nur Wally, der Dachs, Gregory und ich blieben zurück. Ich kniete nach wie vor in einer immer größer werdenden Blutlache. So wund und ausgelaugt hatte ich mich noch nie gefühlt. Nicht einmal, als wir Whiskers gerade erst angeschafft hatten und er mich überrannt hatte.

„Wie konntest du ihn nur gewinnen lassen?", fragte Wally. „Die Kampfrichter würden dir höchstwahrscheinlich glauben! Niemand außerhalb des Hauses der Schemen hat bei dieser Prüfung je das Gold bekommen."

Ich legte den Kopf in den Nacken und hatte Mühe, um das Blut herum zu atmen, das mir die Kehle hinunterrann. „Für manche Dinge lohnt es sich nicht zu kämpfen. Gregory, erklär du ihr, warum wir keine Chance hätten."

Er schnaubte verächtlich. „In ihren Augen sind wir einfach weniger wert, Mädel", sagte er in einem bitteren Ton. „Auch wenn Ethan es nicht bis hierher geschafft hätte, wäre ihnen irgendein Grund eingefallen, uns nicht zu glauben. Wenn wir alle zum Haus der Schemen gehören würden, wäre die Lage vielleicht eine andere, aber mit Ethan Helix hier? Auf keinen Fall."

Ich schüttelte den Kopf. „Siehst du?"

Der Dachs gab ein Knurren von sich, gefolgt von einem Stöhnen. Ich konnte meinen Augen nicht trauen, als er sich direkt vor mir in Pete verwandelte. Sein Körper drehte sich um die eigene Achse, einen Moment lang schimmerte die Luft um ihn herum, und dann lag er einfach so auf dem Boden.

Splitterfasernackt.

Ich wandte meinen Blick ab. „Echt, ein *Dachs*?!"

„Wie konntest du das bloß tun, Wild? Wie konntest du ihn nach allem, was passiert ist, gewinnen lassen? Und übrigens bin ich ein Honigdachs."

Er stand auf. Ich schloss mein eines Auge, das noch nicht zugeschwollen war.

„Weil sie weiß, wann es sich auszahlt, seine Gegner vorerst gewinnen zu lassen. Für einen Anfänger keine schlechte Taktik", sagte eine unbekannte Stimme flüsternd. Nein, zischend.

Ich wirbelte herum. Instinktiv griffen meine Hände nach der nächsten Waffe. Direkt hinter Wally stand ein Junge in unserem Alter. Seine Haut war so blass, dass sie an manchen Stellen fast durchsichtig schien und die Adern in seinem Gesicht und am Hals erkennen ließ. Er war ganz in Schwarz gekleidet und damit bestimmt gut darin, sich in Schatten zu hüllen.

„*Er*", schnauzte ich. „Ich bin ein Junge, du Grufti. Wer zur Hölle bist du, und wie bist du hier reingekommen?"

Er verengte die Augen. „Ich bin Teil deiner Truppe. Schon von Anfang an. Ihr habt mich nur nicht gesehen. Und am Ende bin ich den anderen über den Baumstamm gefolgt."

„Ein Vampir", sagte Pete. „So hinterhältig, wie die sind, könnten sie glatt zum Haus der Schemen gehören. Heimtückisch."

Ich ließ den Neuankömmling nicht aus den Augen. Vampire waren real? Nachdem ich gesehen hatte, wie der Dachs – der *Honigdachs* – sich in Pete zurückverwandelt hatte, kam mir nichts mehr unmöglich vor.

Der Neue hatte eine eigenartige Ausstrahlung. Er erinnerte mich an die jungen Stierkälber zu Hause. Die, die noch nicht ahnten, wie stark sie eigentlich waren. Eines Tages würde dieser Vampir-Grufti gefährlich sein – tödlich sogar. Zumindest war das Potential da.

„Wie heißt du?", fragte ich und quälte mich zurück auf die Beine.

„Orin", sagte er leise. Seine Augen wurden groß, als er mich ansah. Nein, nicht mich. Das Blut, das von mir heruntertropfte. Sein Blick verfolgte die herabfallenden Tropfen, und seine hohen Wangenknochen färbten sich rosa.

Ich hob angestrengt eine Augenbraue. „Wenn du jetzt auf mich losgehst, Orin, dann wäre das für unsere Beziehung kein guter Anfang. Ich hatte einen richtig miesen Tag. Willst du wirklich als Erster an der Reihe sein, wenn ich Arschtritte verteile?"

Ich spuckte zur Seite aus, um meine Männlichkeit zu unterstreichen. Blut und Speichel klatschten auf den Boden. Vampire hatten einen hervorragenden Geruchssinn, oder? War das der Grund, warum er mich ‚sie' genannt hatte? Konnte er *riechen*, dass ich ein Mädchen war?

„Ich habe meinen Hunger auf Blut unter Kontrolle", sagte er, auch wenn die Anspannung in seiner Stimme etwas anderes vermuten ließ. „Ansonsten wäre ich gar nicht zur Auslese zugelassen worden. Ich würde mich dir gern anschließen – euch allen. Wenn ihr mich als Mitglied haben wollt."

„Nein", sagte Pete. „Das ist keine gute Idee, Wild. Sogar eine sehr schlechte."

Ich behielt Orin genau im Auge. „Warum sollten wir dich aufnehmen?"

„Weil ich euch die ganze Zeit gefolgt bin, ohne dass es einer von euch gemerkt hat", sagte er. Er klang kein bisschen selbstgefällig.

Das war es also, was ich im Tunnel gespürt hatte.

„Das reicht nicht", sagte Gregory. „Wir werden zusammen untergebracht und–"

„Ich verabscheue Ethan Helix", sagte Orin. „Wir sind zusammen zur Schule gegangen. Ich kenne seine Art."

Einen Moment lang herrschte Schweigen, dann überschlugen sich Pete und Gregory beinahe, um zuerst zu sprechen.

„Er ist dabei."

„Jep, nehmen wir ihn."

Orin und ich musterten einander. Er zuckte unter meinem Blick nervös zusammen und sackte ein wenig in seiner schwarzen Kleidung ein. „Du magst mich nicht."

„Ich kenne dich nicht gut genug, um dich nicht zu mögen", sagte ich. Aber wenn ich ihn in meiner Nähe behielt, war die Chance geringer, dass er jemandem verriet, dass ich ein Mädchen war.

Er wippte mit dem Kopf wie ein Raubvogel und schlang die Arme um seinen Oberkörper. „Also gut. Ich werde meinen Nutzen noch unter Beweis stellen. Euch allen."

Ein Teil von mir fragte sich, wie er trotz des durchtrennten Seils die oberste Plattform erreicht hatte. Aber wenn Pete recht hatte und Orin ein Profi im Schleichen war, hätte er auch einen anderen Weg genommen haben können. Verdammt nochmal, bei dem Wenigen, was ich über Vampire wusste, hätte er auch hochgeflogen sein können.

Ich seufzte und drehte mich um, als auf einmal noch eine Person den weißen Raum betrat.

„Entschuldigung, braucht jemand einen Heiler?" Der Neuankömmling war ein umwerfend gutaussehender Mann Anfang dreißig. Aus dem Winkel meines noch funktionierenden Auges beobachtete ich belustigt, wie Wally vor Verzückung mit den Wimpern flatterte. Ich konnte es ihr nicht verübeln. Er hatte einiges zu bieten mit seinem tiefschwarzen Haar und den bedeutungsvollen braunen Augen. Sein Körper war gertenschlank und scharfkantig. Und von den Leuten, denen ich hier bisher begegnet war, gehörte er zu den wenigen, die größer waren als ich. Ein Lächeln umspielte seine perfekten Lippen – und zwei Reißzähne lugten hervor. Ich musste meinen Mut zusammennehmen, um nicht vor Schreck zurückzutreten.

Noch ein Vampir. Konnte das ein Zufall sein?

Er hatte eine Jogginghose in der Hand und warf sie Pete zu, der sie aus der Luft schnappte. Wenn die nötige Motivation da war, konnte er sich offenbar doch schnell bewegen.

„Ich bin Jared", sagte der ältere Vampir. „Betreuer der Großen Auslese. Wie ich sehe, habt ihr einen von meiner Sorte dabei." Er warf einen Blick auf Orin. Die Spannung zwischen ihnen stieg, und hinter mir konnte ich spüren, wie Orin unter seinem Blick kleiner wurde. Ich trat dazwischen. Orin war jetzt einer von uns.

„Also, einen Heiler könnte ich gebrauchen. Ich hab ein paar Kratzer", sagte ich.

Jared schnaubte. „Ihr Schemen seid alle gleich. Hart wie altes Brot und ungefähr genauso schlau. Folg mir."

Ich verkniff mir eine Antwort. Eine provozierende Reaktion war sicher genau das, was er wollte.

Plötzlich war er weg, dabei hatte ich ihn nicht gehen sehen. Nicht einmal, wie er sich umgedreht hatte. Von einer Sekunde zur nächsten war er einfach verschwunden. Ich blinzelte mit meinem noch halb offenen Auge durch das verschmierte Blut hindurch.

„Hab ich Halluzinationen?"

„Voll entwickelte Vampire sind extrem schnell", sagte Gregory und schüttelte den Kopf. „Ich verstehe echt nicht, wie es sein kann, dass du nichts über unsere Welt weißt und trotzdem", er wedelte mit seinen dünnen Fingern in die Richtung, aus der wir gekommen waren, „all das hinter dich gebracht hast. Noch dazu erfolgreich. Egal, was Ethan gesagt hat. Wir alle wissen, dass du gewonnen hast, Wild."

„*Er*", flüsterte Orin und deutete auf mich, „ist behütet aufgewachsen. Deswegen hat *er* auch weniger Angst." Ich drehte mich um und warf ihm einen bösen Blick zu. Keine Frage, er wusste, dass ich ein Mädchen war.

Ich blinzelte, dann war auch er plötzlich weg. Genau wie Jared. Ich kniff die Augen zusammen, bis ich die feinen Umrisse seines Kopfes sehen konnte: Er war im einzigen Schatten im hinteren Teil des Raumes abgetaucht.

„Ich kann dich sehen, Orin."

Dieses Versteckspiel würde schnell langweilig werden, aber ich hatte gerade ohnehin nicht die Energie, mich damit zu beschäftigen. Jetzt, wo das Adrenalin nachließ, machten sich die Schnitte an meinem ganzen Körper pochend bemerkbar. Meine Nase war zugeschwollen und ich hechelte nur noch. „Lasst uns von hier verschwinden."

Wally stellte sich neben mich und hakte sich an meinem Arm unter. „Stütz dich auf mich. Eine Sepsis kann bereits wenige Stunden nach einer Schnittwunde einsetzen. So kommt es jedes Jahr zu Tausenden von Todesfällen. Das wäre für uns alle schlecht."

Pete trat an meine andere Seite und ich legte einen Arm um seine Schultern.

„Du kannst einem echt die Laune ruinieren, Wally", sagte ich müde.

„Ich weiß", sagte sie mit einem kleinen Lächeln. „Das ist meine Berufung. Aber eines Tages wirst du froh darüber sein."

„Das bezweifle ich", murmelte Pete.

Gregory verdrehte die Augen, während er an uns vorbeischritt, um den Weg anzuführen. Ich ging davon aus, dass Orin sich uns anschloss. Aber ich machte mir nicht die Mühe, nachzusehen.

Der Gang, der aus dem weißen Raum hinausführte, bestand aus massivem Beton und war Gott sein Dank kurz. Denn mit jedem Schritt schossen neue Schockwellen von Schmerz durch meinen Körper. Wally und Pete mussten mich fast tragen. Beinahe hätte ich mich bei ihnen entschuldigt. Aber das war etwas, was Wild, das Mädchen, getan hätte. Nicht Wild, der Junge.

Ich biss die Zähne zusammen und versuchte, nicht ohnmächtig zu werden. Mit gesenktem Kopf setzte ich einen Fuß vor den anderen. Zum Glück war die Prüfung vorbei.

Wir durchschritten die letzte Tür und traten in das helle Sonnenlicht eines Spätsommertages irgendwo im weiten Bundesstaat New York.

Der plötzliche Szenenwechsel verwirrte mich, und ich blieb stehen. Ich wollte mir eine Minute Zeit geben, um zu verarbeiten, was geschehen war.

Wir waren am Ende der Prüfung angekommen. Ich hatte es geschafft.

Auf dem Rasen vor uns waren viele weiße Zelte mit roten Kreuzen aufgebaut. Alle Zelteingänge waren weit aufgerissen, damit das medizinische Personal problemlos ein- und austreten konnte. Ein paar der Mitglieder des Idioten-Rudels wurden von Ärzten behandelt. Einer der Jungs hatte schwere Verbrennungen an den Händen, und ich war mir sicher, dass er beim Klettern an der Metallwand von einem Stromstoß erwischt worden war. Das blonde Mädchen, gegen das ich in dem weißen Raum gekämpft hatte, war ebenfalls da und lag rücklings ausgestreckt auf einer der Liegen.

Ich schaute mich langsam um. Das war nicht die einzige Gruppe von Zelten. Es gab zu beiden Seiten noch weitere, an den Ausgängen der anderen Prüfungen. Und jedes war überfüllt mit Patienten.

Weinen, Wimmern und Schmerzensschreie hallten durch die Luft.

„Fehlt dem da ein Arm?", fragte Wally.

„Heiliger Strohsack." Pete schluckte. „Der da hat einen aufgeschlitzten Bauch."

"Weitergehen", sagte ich, und sie stolperten vorwärts, was mir gar nicht guttat. Eine Sekunde lang dachte ich, ich müsste mich vor Schmerz übergeben. Meine Verletzungen konnten doch nicht so schlimm sein, oder?

Ich schluckte die Übelkeit mühsam hinunter und schloss die Augen. Schon packten mich zwei Hände und zogen mich nach vorne. Ich riss einen Arm hoch, um mich zu befreien, und öffnete mein halbwegs heiles Auge.

"Ganz ruhig. Wir werden dir helfen. Mein Name ist Mara. Ich bin heute deine Heilerin." Die Stimme war angenehm weich und beruhigend, und sie gehörte einer Frau, die ebenso weich aussah. Ihr Körper war so kurvig, dass sie sich niemals als Junge ausgeben könnte. Ihr freundliches Lächeln beruhigte mich immerhin so weit, dass ich mich von ihr zu einer der Liegen führen ließ. "Ihr Schemen, immer so misstrauisch."

Schon wieder dieses Wort. *Schemen*. Ich war also voll und ganz abgestempelt. Ich bezweifelte, dass ich den Aufkleber überhaupt noch brauchte.

Beim Hinlegen konnte ich ein Stöhnen nicht unterdrücken. Ich wollte einen schnippischen Kommentar abgeben, beschloss aber, es ausnahmsweise mal gut sein zu lassen.

Die Heilerin – Mara – legte eine Hand auf meine Stirn und die andere auf meinen Bauch.

„Diese Prüfungen sind eine einzige Sauerei. Die Klingen waren mit einem schmerzverstärkenden Nervengift versehen. Ich wette, du fühlst dich gerade ziemlich mies."

Ich öffnete den Mund. Ich wollte antworten, aber stattdessen rollte ich mich auf die Seite, um mich in einen Eimer zu erbrechen, der strategisch günstig platziert worden war. Ich würgte und spuckte weiter, meine Nase mit Blut verstopft.

„Mach dir keine Sorgen. Ich bringe dich wieder auf Vordermann, und dann kannst du dein Festmahl genießen." Sie lehnte sich gegen mich, ihre Hände drückten fest auf meinen Kopf und meinen Bauch.

Ich stöhnte auf und wagte einen vorsichtigen Atemzug. Mein Körper bäumte sich auf, als müsste ich mich wieder übergeben.

„Warte einen Moment, das wird unangenehm", sagte Mara mit ihrer sanften Stimme. Meine Haut kribbelte unter ihrer Berührung, als wäre ihre Hand mit winzigen heißen Schürhaken übersät. Anfangs noch warm und beruhigend, aber schnell so heiß, dass es brannte. Doch ich hielt still –

auch wenn ich so stark zitterte, dass der Tisch klapperte und meine Füße gegen das untere Ende der Trage schlugen.

Wally und Pete standen dicht an meinem Kopf, und ich konzentrierte mich auf ihre Stimmen, während Mara mich heilte.

„Wally", flüsterte Pete, „ziehen die gerade eine Decke über den Jungen da? Ist er tot?"

„Ja, ist er", sagte sie. „Ich sehe, wie sein Geist ihn verlässt. Schade. Er ist gestürzt und hat sich bei der Landung das Genick gebrochen."

Ich erschauderte und wollte die Augen öffnen, aber Mara fuhr mit ihrer Hand darüber.

„Lass uns deine Augen in Ordnung bringen. Und deine Nase. Es wäre fürchterlich, sie schief zusammenwachsen zu lassen."

„Warum? Mädels stehen auf Narben", sagte Pete. „Lassen Sie ihm doch die krumme Nase."

Maras Hände verkrampften sich bei diesem Wort – *ihm*.

Oh. Sie war eine Heilerin, eine Expertin für menschliche Anatomie – natürlich würde sie wissen, dass ich ein Mädchen war. Wahrscheinlich hatte sie es genau erkannt, als ihre Magie mich durchdrang. Ich war töricht gewesen. Wie sollte ich diese Scharade aufrecht erhalten, an einem Ort wie diesem?

Ich griff nach oben und zog ihre Hände von meinen Augen.

„Lassen Sie die Nase." Flehend sah ich sie an und bat sie stumm, mein Geheimnis nicht zu verraten.

Sie runzelte die Stirn, ihre herzförmigen Lippen wölbten sich nach unten. „Also gut. Erst einmal heile ich die Nase so, wie sie ist. Aber wenn du deine Meinung änderst, können wir sie später korrigieren."

„Danke."

„Du wirst noch bis morgen Schmerzen haben, und dein Appetit wird riesig sein, aber übertreib es nicht gleich. Kleine Mahlzeiten, über den Tag verteilt. Dann bist du im Handumdrehen wieder fit für die nächste Prüfung." Mara trat einen Schritt zurück und ich ertappte mich dabei, wie ich sie anstarrte. Ihre Worte klangen in meinen Ohren wie eine andere Sprache.

„Wie viele von diesen Prüfungen gibt es nochmal?", fragte ich mit tauben Lippen. „Und ... können wir welche überspringen?"

Mara wirkte belustigt. „Fünf. Du hast deine erste Prüfung erfolgreich hinter dich gebracht, plus den Bonus.

Das ist ein toller Anfang. Aber du musst alle fünf durchlaufen, junge ... junger Mann. Eine für jedes Haus. Um sicher zu sein, dass du richtig platziert bist."

Alle ... fünf.

Ich stotterte unzusammenhängendes Zeug vor mich hin. Endlich fand ich die richtigen Worte für meine Gefühle: „Wollen Sie mich auf den Arm nehmen?"

„Texaner", murmelte Wally entschuldigend.

Gregory räusperte sich. „Wir müssen uns mal unterhalten, Wild. Wir sind jetzt ein Team und –"

Ich winkte ab. „Nicht hier." Ich konnte nicht sagen, warum, aber ich wollte meine Unwissenheit so gut es ging geheimhalten.

Noch bevor ich mich vom Feldbett schwingen konnte, erschien mein liebster aller Lieblingsmenschen im Zelt.

Der Kotelettenmann höchstpersönlich.

Und er war nicht allein.

Schwindel überkam mich. Mit einem Mal stand meine Welt Kopf. Ich badete in Erleichterung und Trost.

Ich bin nicht allein.

Doch schon einen Moment später erfüllte mich brennende Wut.

Ich starrte stur vor mich hin. Ich konnte einfach nicht glauben, wer da vor mir stand. Nicht glauben, dass er wirklich hierhergekommen war – trotz allem, was wir durchgemacht hatten. Und dass er kein Wort darüber verloren hatte.

Er stand tatsächlich leibhaftig vor mir, mit einem leeren Ausdruck auf seinem blöden Gesicht: Rory Wilson.

Ich hatte nicht glauben wollen, dass dieser Moment kommen würde. Ich hatte meinem Vater nicht glauben wollen. Rory hätte ein besseres Leben in Nevada haben sollen. Eine ruhige Frau, die nie Ärger machte. Und eine Familie.

Stattdessen war er mit Volldampf noch mehr Gefahren entgegengelaufen, als er hinter sich gelassen hatte.

Er musste hier gewesen sein, als mein Bruder gestorben war.

Ich konnte kaum sprechen, so wütend war ich, und ich ignorierte die verräterischen Erinnerungen daran, was er mir bedeutet hatte. Er war mein Beschützer gewesen, wenn ich bis zum Hals in den Konsequenzen schlechter Entscheidungen gesteckt hatte. Mein Wachhund, wenn ich Schutz brauchte. Und mein Komplize, wenn ich ein bisschen Spaß haben wollte. Er war ein Teil meiner Welt gewesen.

Aber er hatte gelogen. Hatte mich verlassen. Sich wie ein Feigling in der Nacht davongeschlichen und mir nichts als einen Zettel dagelassen.

Und er hatte Tommy sterben lassen.

Mein bester Freund und Blutsbruder würde mein zukünftiger Erzfeind sein.

KAPITEL 16

Blitzschnell war ich runter von der Trage. Die geringe Distanz zwischen Rory und mir legte ich stampfend zurück. Es war das erste Mal seit zwei Jahren, dass ich ihn nicht nur in meiner Erinnerung sah.

Er war gewachsen, muskulöser geworden, zu einem Mann gereift. Sicher, er war immer noch Rory, aber ... nicht ganz. Er sah nicht mehr wie der Junge aus, der unser Kaff in Texas angeblich auf der Suche nach einem besseren Leben hinter sich gelassen hatte. Seine Haare waren kürzer, und er hatte eine Narbe, die parallel zu seinem Kiefer verlief. Er strahlte Gefahr aus.

Mr. Koteletten hob eine Hand. „Wir müssen reden, *Billy*."

Ich schob seine Hand aus dem Weg und lief weiter, bis ich Rory direkt gegenüberstand. „Du hast vielleicht Nerven, hier aufzutauchen, Wilson. Hast es ja nicht mal zu

Tommys Beerdigung geschafft. Erst lügst du mich an, und jetzt tauchst du hier mit dieser Pestbeule auf? Was zur Hölle soll das?"

Sein Geruch drang mir in die Nase, und mir wurde wohlig im Bauch. Saubere Baumwolle, Gewürze und ein Hauch von Vanille. Er roch nach zu Hause, und warme, nostalgische Gefühle überrollten mich wie ein Tsunami.

Dann lief es mir kalt den Rücken herunter. Ich hatte diesen Geruch vor kurzem schon einmal wahrgenommen. Erst jetzt erkannte ich, dass dieser Geruch zu ihm gehörte. Er war da gewesen, als ich am Flughafen überfallen worden war. „Du hast ihnen auch noch geholfen, mich zu entführen, du kranker Mistkerl? Wow, du hast dich wirklich verändert. Oder warst du insgeheim schon immer so ein Drecksack?"

Pete stöhnte und zeigte mit dem Daumen auf mich. „Er wird uns noch alle umbringen."

„Er kommt dem Tod auf jeden Fall näher", sagte Wally leise. „Sei vorsichtig, Wild."

Rory zuckte ein wenig zusammen, als Wally meinen Spitznamen benutzte. Er starrte auf mich herab. „Ich freue mich auch, dich zu sehen, Johnson. Der Tod deines Bruders war eine Schande, aber das passiert nun mal, wenn man nicht für die Akademie gemacht ist. Man stirbt. Das solltest du dir hinter die Ohren schreiben."

Ich holte scharf Luft. Seine Worte trafen mich härter als jeder Schlag. Ich holte mit der Faust zu einem gewaltigen Haken aus, direkt in seine linke Seite. Ich schlug so fest zu, wie ich nur konnte. Er krümmte seinen Oberkörper, als er den Schlag einsteckte. Das Zischen seines entweichenden Atems durchschnitt die Luft. Ich machte einen Schritt zurück, und er richtete sich langsam auf. Sein Gesicht war blass. Ich versuchte, meinen Kopf hochzuhalten – aber die Wut ließ meine Augen verräterisch tränen.

Verdammt, er hatte schon immer sowohl das Schlimmste als auch das Beste in mir hervorbringen können. Ich konnte spüren, wie sich die Tränen in meinen Augenwinkeln sammelten. Zu weinen, wenn man wütend war, war definitiv kein besonders männlicher Charakterzug. Ich atmete langsam ein und unterdrückte meine Gefühle.

„Du warst schon immer angreifbar auf der linken Seite. Wie schön, dass sich wenigstens eine Sache nicht geändert hat."

Sein Gesicht nahm einen gespannten Ausdruck an. Der Kiefer verkrampfte sich, die Augen wurden schmaler.

Mr. Koteletten trat zwischen uns. „Genug." Seine Stimme donnerte geradezu durch die Luft, und nicht wenige ums uns herum drehten sich zu ihm, als hätte er ihnen mit einer Peitsche den Hintern versohlt.

Ich richtete meinen Blick auf ihn. „Was? Willst du etwa hier mit dem Messer auf mich losgehen, vor allen Leuten?"

Er packte mich am Arm und zerrte mich durch das Zelt, so wie man ein Kind hinter sich herschleifen würde. „Du hörst mir jetzt gut zu, *Billy*. Du bist dabei, dich umzubringen." Er nahm etwas aus seiner Gesäßtasche – die Cappy, die ich verloren hatte – und zog sie mir mit so viel Kraft über den Kopf, dass ich erschrocken zusammenzuckte.

„Ausgerechnet jetzt tust du so, als ob du mir helfen willst, du gelackter Mistkerl?"

Er wurde schlagartig regungslos. „Wie. Hast. Du. Mich. Genannt?"

Ups.

Das war mir einfach so rausgerutscht. „Mr. Koteletten", korrigierte ich panisch, gefolgt von einem Zucken. Noch schlimmer!

Er nahm seine Pilotenbrille ab, und seine Augen waren genauso dunkel und unheilverkündend, wie ich sie mir vorgestellt hatte. In ihrer pechschwarzen Tiefe sah ich den Tod. Er war durch und durch ein Killer, daran gab es keinen Zweifel.

„Hier sind größere Kräfte im Spiel, als dir bewusst ist. Irgendwann wird das einen Sinn ergeben. Aber fürs Erste musst du die Füße still halten und unauffällig bleiben. Halt dich vom Rampenlicht fern."

Ich starrte ihn einfach nur an. Ich konnte nicht anders. Die Wut auf Rory durchströmte mich noch immer und machte mich dummdreist. „Du hast meine Familie bedroht, deshalb bin ich hier. Du weißt –"

Er zog mich mit einem Ruck näher zu sich heran, sodass sich unsere Nasenspitzen berührt hätten, wenn ich mich ein wenig gebückt hätte. Seltsamerweise kam er mir größer vor, obwohl ich auf ihn herabblickte.

„Ich weiß, was du bist, *Billy*. Lass es uns dabei belassen, dass nur ich es weiß. Und bleib etwas mittelmäßiger, du Idiot. Was glaubst du, was passieren wird, wenn du dich auffällig verhältst? Die Leute werden dich bemerken. Das willst du nicht. Nicht hier."

Da steckte eine unausgesprochene Drohung drin. Aber ich war grundsätzlich gegen Unausgesprochenes.

„Oder was?"

Seine Hand quetschte meinen Arm noch fester. „Oder du wirst zusehen müssen, wie deine Geschwister die Auslese antreten. Und dann siehst du ihnen live beim Sterben zu. Du kannst hier überleben, aber glaubst du, sie könnten das auch?" Er knurrte mehr, als dass er sprach. „Im Augenblick kannst du sie beschützen, indem du hier bist. Das war doch dein Wunsch. Aber dafür musst du dein kleines Schauspiel so lange wie möglich aufrechterhalten." Er schubste mich, sodass ich rückwärts stolperte. „Ich behalte dich im Auge, *Billy*. Verbock es nicht."

Er schnippte mit den Fingern, drehte sich um und ging.

Rory beobachtete mich noch einen Moment lang, dann drehte auch er sich wortlos um und folgte seinem neuen Freund. Den Anflug von Heiterkeit in seinen Augen nahm ich noch wahr. Einen Schimmer von aufgeregter Erwartung. Dieser Blick hatte immer bedeutet, dass uns etwas Tollkühnes bevorstand – etwas Tollkühnes und Gefährliches. Mein Kindheitsfreund war mir fremd geworden, doch ich kannte ihn immer noch wie meine Westentasche.

Erst hatte er mich belogen, dann den Tod meines Bruders verharmlost, und jetzt half er dem Kotelettentypen?

Obwohl mein Herz langsam zerbrach, loderte ein unzähmbares Feuer in mir.

Ich biss die Zähne zusammen, um mich daran zu hindern, ihm zu folgen. Er würde schon noch bekommen, was er verdiente; dafür würde ich sorgen. Aber fürs Erste musste ich mich um mich selbst kümmern. Um mich und mein neues Team. Er war nicht der Einzige, der neue Freunde gefunden hatte.

Ich wischte mit dem Handrücken eine Spur heißer Tränen weg. Die waren hier völlig fehl am Platz. Außerdem musste ich ein gewisses Bild von mir wahren.

Ich ballte die Hände zu Fäusten und wandte meinen Blick von den beiden ab. Als ich mich umdrehte, sah ich, wie Gregory, Pete, Wally und Orin mich mit großen Augen anstarrten.

„Hast du … *dem Sandmann* Widerworte gegeben?", flüsterte Pete. „Du hast die größten Eier von allen, die ich kenne! Du bist mein verdammter Held, Mann!" Er klopfte mir auf den Rücken und setzte zu einer halben Umarmung an, aber ich wand mich heraus. Nur für alle Fälle.

„Ich hoffe, du lebst lange genug für die nächste Prüfung", sagte Wally ohne die leiseste Spur von Sarkasmus in der Stimme.

Orin prustete laut und verbarg seinen Mund mit einer Hand. Ich starrte ihn an, bis er unter meinem Blick gefror.

„Und wie machen wir jetzt weiter?", fragte ich. Es war Zeit für einen Themenwechsel. Sam und Billy zu beschützen, war meine oberste Priorität. Ich musste mich zusammenreißen.

„Ihr folgt mir. So, wie es sein sollte", sagte eine wohlvertraute Stimme.

Wir fünf drehten uns um und sahen keinen Geringeren als Ethan, den blonden Schönling, vor uns stehen. Er hatte den Zauberstab in eine Schlaufe an seinem Gürtel gesteckt, die Hände in die Hüften gestemmt. Wenn das mal kein Möchtegern-Peter-Pan war.

„Wir gehen nirgendwo mit dir hin", schnauzte Pete.

Ich nickte. „Sehe ich genauso." Ich legte den Kopf schief und fügte hinzu: „Und wo hast du Tinkerbell gelassen?"

Ethan starrte mich an, sein Gesicht wurde leicht rosa. „Was soll das heißen?"

„Dass du aussiehst wie Peter Pan, du Idiot. Die Dummheit im Haus der Wunder erstaunt mich wirklich immer wieder", sagte Gregory. „Wie ausgerechnet ihr es an die Spitze der Nahrungskette geschafft habt, ist mir ein Rätsel."

Ich zeigte auf den Kobold. „Sehe ich genauso."

„Ihr habt gar keine andere Wahl", sagte Ethan. „Wir haben unsere erste Prüfung gemeinsam abgeschlossen. Das bedeutet, dass wir ab jetzt in jeder weiteren Prüfung eine Einheit bilden, ob es uns nun gefällt oder nicht. Unter der Voraussetzung, dass ihr alle überlebt, versteht sich."

Er schritt wichtigtuerisch voran und rempelte mich im Vorbeigehen mit der Schulter an. Jedenfalls versuchte er das. Ich rührte mich keinen Zentimeter und sah amüsiert dabei zu, wie er sich die eigene Schulter rieb.

„Die Gewinner der heutigen Prüfungen werden verkündet", knurrte er. „Dann essen wir, und morgen haben wir frei."

Ich wollte Ethan nicht folgen, aber ... ich musste mich unauffällig verhalten. Und Peter Pan war eine Rampensau – neben ihm würde es ein Leichtes sein, sich bedeckt zu halten. Vielleicht war es gar keine so schlechte Idee, in seiner Nähe zu bleiben.

Ich warf einen Blick auf mein Team. „Kommt. Der Klügere gibt nach."

Petes Gesichtsausdruck sprach Bände: Er war dagegen. Und ich konnte es ihm nicht verübeln. „Ernsthaft? Nach allem, was der da drin abgezogen hat?"

Ich zuckte mit den Schultern. „Wenn er in der nächsten Runde stirbt, sind wir ihn los. Das muss uns Hoffnung geben."

Wally stellte sich neben mich. „Je nachdem, wie die nächste Prüfung aussieht, ist das durchaus plausibel. Wobei – dass er ein Helix ist, senkt die Wahrscheinlichkeit enorm, dass er sterben wird. Wahrscheinlich wurde er von Experten in allen möglichen Techniken ausgebildet, die ihm beim Überleben helfen." Sie schürzte die Lippen, und ich konnte regelrecht dabei zusehen, wie sie die Wahrscheinlichkeiten für verschiedene Szenarios durchrechnete.

Wir folgten Ethan wie Schafe ihrem Hirten. Er musste sich nicht einmal mit einem Schulterblick vergewissern, so sicher war er sich, dass wir ihm folgen würden.

Wie die Lämmer zur Schlachtbank.

„Mal sehen, ob er uns irgendwie nützlich sein kann", sagte ich leise zu den anderen. „Umso besser, wenn er weiß, was auf uns zukommt."

Gregory war der Erste, der zustimmend nickte. „Wir haben insgesamt höhere Überlebenschancen, wenn er in unserer Gruppe ist, das stimmt. Dadurch, dass er ein Helix ist, genießt er zahlreiche Privilegien."

Einen Moment lang herrschte Schweigen, das überraschenderweise von Orin gebrochen wurde.

„Ich werde ein Auge auf ihn haben. Wie ich schon sagte, ich kenne seine Art. Er wird uns an der Nase herumführen, wenn wir nicht achtgeben."

Gregory winkte ab. „Nicht nötig. Wir werden zusammen untergebracht. Mit Ausnahme von unserem Nekromanten. Mädchen und Jungs werden voneinander getrennt. Nicht, dass sie uns in der Dusche was weggguckt."

Nekromant. Ich drehte meinen Kopf und starrte Wally an. Ich erinnerte mich an ihre Bemerkung vor der Prüfung – die über wandelnde Datenspeicher. Jetzt ergab das mehr Sinn. Aber unter ihrem Namensschild stand keine Bezeichnung wie bei meinem. Wie bei Gregorys. Petes war abgefallen, und bei Orin war unzweifelhaft, wo er hingehörte.

„Du kannst Tote erwecken?", fragte ich.

Wally zuckte mit den Schultern. „Vielleicht. Das weiß ich erst, wenn meine Ausbildung abgeschlossen ist. Aber die Wahrscheinlichkeit, dass ich im Haus der Nacht lande, liegt bei fast neunundneunzig Prozent – seit vier Generationen wurden beide Seiten meiner Familie dort ausgebildet."

Eine weitere Erkenntnis sackte bei mir ein. Ich wandte mich an Gregory. „Moment, wir werden uns ein Zimmer *teilen?*"

„Genau, wir fünf Jungs werden zusammen untergebracht. Und Wally in einem der Mädchenschlafsäle. Vielleicht bei einer anderen Gruppe." Gregory rieb sich seine spitze Nase. „Ich rieche Roastbeef."

„Das rieche ich auch", sagte Pete und tätschelte seinen dicken Bauch, der ein lautes Knurren von sich gab.

Während die Jungs ihren Nasen folgten – und Ethan –, ließ ich mich ein paar Schritte zurückfallen.

Orin fand sich neben mir ein. Er sagte einen Moment lang nichts und flüsterte dann leise: „Ich werde dich nicht verpetzen."

„Warum?" Ich blieb bei meiner Gegenfrage genauso leise, denn die Warnung von Mr. Koteletten hallte immer noch in mir nach. „Du kennst mich doch gar nicht."

Er versteckte die Hände in seinen langen Ärmeln. „Du hast mich zu dieser Gruppe hingezogen ... Meine Mutter war Seherin, und ich habe ein wenig von ihrem Talent geerbt. Ich muss einfach hier sein, bei dir und den anderen. Außerdem hast du mich ohne groß zu zögern in diese Gruppe aufgenommen. Was in Anbetracht dessen, was ich bin, schon einiges bedeutet."

Ich runzelte die Stirn. „Ein Vampir soll also irgendwie schlimmer sein als ein Kobold?"

Seine Lippen zuckten. „Kommt darauf an, wen du fragst. Aber die meisten würden ihren Schlafsaal nicht mit einem Vampir teilen. Ich glaube nicht, dass Ethan überhaupt weiß, dass ich einer bin. Es wird ihn nicht gerade freuen, wenn er es erfährt."

„Warum sollte das eine Rolle spielen?" Ich runzelte die Stirn, während ich verarbeitete, was er da sagte. Er dachte also, er sei dazu bestimmt, hier zu sein. Das war in Ordnung – seltsam, aber in Ordnung. Aber er dachte auch, ich hätte ihn zu unserer Gruppe hingezogen. Dabei hatte ich nur mein Ding gemacht. Hatte ein paar Golems aus dem Weg geräumt. War Stromschlägen, Pfeilen und Speeren aus dem Weg gegangen. Hatte ein Mädchen halb abgestochen.

„Es wird eine Rolle spielen, weil er Angst vor Vampiren hat." Orin grinste und zeigte auf die kleinsten Reißzähne, die ich je gesehen hatte. Kleiner als die der Katzen auf unserer Farm.

„Ich habe schon Hauskatzen mit größeren Zähnen gesehen", sagte ich.

Sein Grinsen verrutschte. „Sie werden größer, sobald ich ein vollwertiger Vampir bin."

„Das sagen bestimmt alle Jungs."

Orin lachte. „Dein Geheimnis ist bei mir sicher. Aber sei vorsichtig. Ich weiß nicht, ob die anderen das auch so handhaben würden. Und sie könnten es jederzeit herausfinden. Wenn Petes Schnauze mal nicht abgelenkt ist. Wenn Gregory zu genau hinschaut."

Ich nickte. Nicht, dass ich den anderen nicht traute ... aber ich würde auf Nummer sicher gehen müssen. Mein Bestes geben und hoffen, dass das reichte.

Wir folgten Ethan über ein offenes Feld und eine leichte Steigung hinauf. Oben am Hang angekommen breitete sich vor uns eine märchenhafte Szenerie aus.

Ein pompöses Herrenhaus erstreckte sich über die gesamte Weite des Tals. Fünf Stockwerke aus Backstein, Efeu und Dachgauben. Das Gelände war makellos maniküRT. Eine Bewegung lenkte meinen Blick zur Seite, und ich sah einen Hausmeister mit gebeugtem Rücken und schleppendem Gang, der mit einer Schere Büsche stutzte.

Pete, Wally, Gregory und sogar Orin japsten vor Aufregung, Euphorie sprudelte buchstäblich aus ihnen heraus. „Die Villa ist noch größer, als ich erwartet habe!"

„Und mindestens genauso luxuriös, das sieht man gleich."

„Genial!"

Vielleicht war ich eine Pessimistin, aber bei meinem Glück und Mr. Koteletten als meinem Schutzengel hatte ich nicht die geringste Hoffnung, dass wir luxuriös untergebracht werden würden. „Macht euch keine falschen Hoffnungen. Der Zweck dieser Veranstaltung besteht darin, uns zu brechen. Glaube ich zumindest. Uns einen bequemen Schlafsaal in der Villa zu geben, passt nicht ins Bild", sagte ich.

Ethan schnaubte grinsend. „Ich bitte dich. Ich bin ein Helix. Wir werden die besten Zimmer kriegen. Bedanken kannst du dich später."

Plötzlich hatte ich das Bedürfnis, mit ihm eine Wette abzuschließen. Aber ich hatte keinen Wetteinsatz außer ... dem Geld in meinem Rucksack, der mich erwartet hatte, als ich das Krankenzelt verlassen hatte. Nervenkitzel verdrängte für einen Augenblick meine Sorgen.

Ich hielt ihm meine Hand hin. „Ich wette, dass wir in ein räudiges kleines Loch gesteckt werden. Traust du dich?"

Auf seinem Gesicht breitete sich langsam ein Grinsen aus. „Wie wäre es mit einem Teil des Goldes, das *ich* vorhin gewonnen habe?"

Pete zitterte vor Ärger, aber er riss sich zusammen. Einigermaßen. „Du bist vielleicht ein Ekel, weißt du das? Schmieriger Haus-der-Wunder-Zögling", knurrte er.

Ich nickte, sah aber weiter Ethan an. „Und wenn ich verliere, gebe ich dir das Geld aus meinem Rucksack."

Ich war davon ausgegangen, dass er von mir verlangen würde, nicht weiter an der Auslese teilzunehmen, sollte ich verlieren. Das hätte ich jedenfalls gefordert.

Aber sein Grinsen wurde noch breiter. „Abgemacht."

Ich holte zu einem Handschlag aus, er kam mir auf halber Strecke entgegen. Als unsere Hände sich trafen, stoben Funken in alle Richtungen. Selbst Ethan schien das zu überraschen, auch wenn er seine Überraschung schnell wieder verbarg.

Ich zog meine Hand zurück und bedeutete ihm mit großer Geste den Weg. „Geh voran, oh mächtiger Helix. Mal sehen, wo du uns hinbringen wirst." Ich war mir da allerdings schon ziemlich sicher, und wenn Ethan derart minderbemittelt war, würde ich sein Gold mit Freude an mich nehmen. Angesichts der Tatsache, dass es ohnehin in erster Linie mein Gold war, hatte ich kein schlechtes Gewissen. Kein bisschen.

Er stolzierte mit großen Schritten den Hügel hinab, mit schwingenden Armen, als wäre er der König der Welt. Und vielleicht war er das auch, mit all seiner Magie und seinem Vermögen. Aber ich würde ihn trotzdem ein, zwei Stufen runterputzen.

Während ich ihm bei seiner eigenen kleinen Parade zusah, konnte ich mir ein Grinsen kaum verkneifen.

Vielleicht würde ich hier ja doch noch ein bisschen Spaß haben.

KAPITEL 17

„Aber *woher* wusstest du das?" Gregory ließ nicht locker, während wir uns dem heruntergekommenen Wohnwagen seitlich der Villa näherten. Die Verkleidung des Wagens hatte sich an einigen Stellen gelöst, und die Fliegengitter an den Fenstern waren von innen abgerissen worden. Die Treppe, die zur wackeligen Tür hinaufführte, war kaum dreißig Zentimeter breit und wurde von verrottenden Holzstücken gestützt. Die Wette hatte ich zwar gewonnen, aber was unseren Unterschlupf betraf, waren wir alle Verlierer. Ganz egal, wie man es drehte und wendete.

Das Beste an der Situation? Nicht alle Teams waren hinters Licht geführt worden. Einige von ihnen waren tatsächlich im Luxusschloss gelandet, aber nicht wir. Das musste wohl das Schlimmste sein, was Ethan je passiert war. Der arme Junge war am Boden zerstört. Alle seine Freunde durften in der Villa schlafen.

Er war der Einzige aus dem Haus der Wunder, der hier draußen mit dem Pöbel in einem der heruntergekommenen Anhänger untergebracht war. Die Schadenfreude tröstete mich über die Erbärmlichkeit unserer Bleibe hinweg.

Gregory tänzelte vor mir her und wich meinen Füßen nur knapp aus. „Wie konntest du das erahnen? Sogar unsere Nekromantin dachte, dass du bei dieser Wette keine Chance hast. Nicht gegen einen Helix."

Unterdessen stritt Ethan hinter uns immer noch mit einem der Oberhäupter der Akademie – zufällig handelte es sich dabei um seinen Vater. Ich lief langsamer, um ihr Gespräch zu belauschen.

„Wie du auf die Idee gekommen bist, dein Gold zu verwetten, ist mir schleierhaft." Mr. Helix seufzte schwer. „Noch dazu gegen einen Schemen – du weißt doch, wie verschlagen die sind. Du kannst den anderen Häusern nicht trauen, Ethan. Das wird dir eine Lehre sein, so frustrierend sie auch sein mag. Früher oder später musstest du es ja lernen."

Ich kämpfte gegen das starke Bedürfnis an, mich umzudrehen und den älteren Helix anzustarren. Stattdessen hob ich meine Stimme und sprach gerade laut genug, dass mich alle hören konnten: „Mr. Helix sagt, dass jedem von uns ein Anteil am Gold zusteht. Ethan habe sich zu Unrecht alles genommen. Wie edelmütig von ihm." Edelmütig, so ein Wort hatten sie von mir sicher nicht erwartet.

Pete und Gregory gaben sich das Fäustchen, woraufhin Pete es zusätzlich mit einem Brustklatscher versuchte. Was damit endete, dass er Gregory auf ziemlich unangenehme Weise anrempelte. Gregory schüttelte den Kopf. „Gestaltwandler, also wirklich."

Orin stieß die marode Tür auf und wir spähten in den Wagen, der auf unbestimmte Zeit unser Zuhause sein würde. Je nachdem, wie lange wir hier durchhalten würden. Drei Etagenbetten standen an der dunklen Rückwand. Nichts Besonderes, sie hätten einer beliebigen Armee-Kaserne entstammen können. Dünne Decken, noch dünnere Kissen und Sprungfedern, die völlig ausgeleiert aussahen.

Meine Aufmerksamkeit galt dem mit Essen beladenen Tisch, der zwischen den Betten aufgebaut war.

„Ach. Du. Meine. Güte." Pete atmete schwer. „Ich *wusste* doch, dass es hier nach Roastbeef duftet."

Er schob sich an uns vorbei, und ein warnendes Kribbeln kitzelte meinen Rücken. Ich flitzte hinter ihm her. Er schaute sich ganz in Ruhe die Speisen an, der Anblick ließ ihn buchstäblich sabbern. Dann schnellte seine Hand mit einer Geschwindigkeit vor, die ich während der Prüfung an ihm vermisst hatte. Ich konnte ihm das Roastbeef, das er sich schon an die Lippen führte, gerade noch aus der Hand schlagen.

„Was zum Teufel soll das, Wild?" Er sah erschüttert zu mir auf, als hätte ich ihm gerade gesagt, dass es den Weihnachtsmann nicht gibt. „Ich bin am Verhungern!"

„Warte einfach … eine Sekunde." Ich starrte das Essen an, als ob es durch angestrengten Blickkontakt seine Geheimnisse preisgeben würde. Die verlockenden Gerüche kämpften mit dem warnenden Kribbeln, das ich immer noch im Rücken spürte. Wie oft hatte ich Rory und meinen Bruder davor bewahrt, giftige Pilze zu essen?

Ethan drängte sich dazwischen. „Das ist ein *Bankett*, Johnson. Ich nehme nicht an, dass du so etwas in deinem armseligen Kaff jemals kennengelernt hast. Sieh genau hin.

Unmengen von Essen, das zubereitet wurde, um verzehrt zu werden."

Er schnappte sich ein Törtchen und öffnete den Mund. Ich hätte ihn einfach zubeißen lassen sollen.

Aber ich war mir nicht sicher, ob es ihn nicht doch umbringen würde. Ich schlug mit der Faust zu und ließ das Dessert laut auf den Boden klatschen.

„Irgendwas stimmt damit nicht", sagte ich. „Vielleicht Gift."

Meine Erklärung schien etwas zu spät gekommen zu sein. Ethan ging auf mich los und griff mit der Hand nach seinem Zauberstab. Ich wich aus, stellte ihm ein Bein und brachte ihn im Handumdrehen zu Fall. Er hatte vielleicht Magie in petto, aber er war kein Kämpfer. Er krachte auf den Boden, wo er sich sofort zu mir umdrehte und seinen Zauberstab auf meinen Kopf richtete.

„Damit ist absolut alles in Ordnung, du dummer, niederträchtiger, ignoranter –"

„Ähm, Leute?" Pete wedelte seine Hand zwischen uns hin und her. „Ein Teil des Essens brennt sich gerade durch den Tisch."

Wir drehten uns um und sahen, wie die Torten sowohl den Teller als auch den Tisch unter ihnen brutzelnd und zischend zum Schmelzen brachten.

Ich machte einen Schritt zurück. „Seht ihr? *No bueno. No* verdammt nochmal *bueno.*"

„Seht ihr, er ist einfach unglaublich! Wild wusste es! Er wusste, das würde uns umbringen. Heiliger Bimbam, du hast mich gerettet. Und ..." Pete schnitt eine Grimasse. „Du hast Ethan gerettet? Was sollte das denn bitte?"

Ich sah Ethan nicht an. „Na und? Er ist in unserem Team. Bestimmt finden wir einen besseren Nutzen für ihn als nur unser Vorkoster zu sein." Ich starrte das Essen mit knurrendem Magen an. Pete war nicht der Einzige mit nagendem Hunger.

Orin meldete sich flüsternd aus einem der Schatten in der Ecke des Raumes. „Glaubt ihr, die bringen uns Nachschub? Ich falle bald um, wenn ich nichts zu beißen kriege."

„Halt die Klappe, Vampir!", schluchzte Ethan, und für eine Sekunde glaubte ich, einen Schimmer von Tränen in seinen babyblauen Augen zu sehen. Das war Furcht. Er hatte wirklich Angst vor dem Vampir.

Ich runzelte die Stirn. „Entspann dich. Wir werden schon nicht verhungern."

„Das ist so nicht vorgesehen! Ich bin ein Helix!", brüllte er, und mit diesen Worten stampfte er aus dem Anhänger hinaus und knallte die klapprige Tür hinter sich zu.

„Denkt ihr, er rennt seinem Daddy hinterher?", fragte Pete.

Ich nickte. „Um sich zu beschweren. Hoffentlich bewirkt das etwas."

Gregory lachte, aber es war ein bitteres Lachen. Wir funktionierten ein paar Klappstühle und eine Decke zu Handfeger und Schaufel um und schafften es, das Essen aus unserem Wohnwagen herauszubekommen und abseits der wackeligen Treppe abzulegen. Die Torten rauchten noch immer, und irgendetwas glühte blassgrün in der dunklen Nacht.

„Was, wenn nur die Törtchen schlecht waren?" Pete stöhnte, und sein knurrender Magen unterstrich seine Verzweiflung noch.

„Das Risiko willst du eingehen?", fragte ich.

Er seufzte. „Nein. Aber ich bin echt am Verhungern."

Ich fasste mir ans Kinn und dachte nach. „Das hier war die letzte Herausforderung, die zur Prüfung vom Haus der Schemen gehört, richtig?" Ich sah Gregory an.

Der kleine Kobold nickte. „Sieht so aus. Assassinen zählen Gift zu ihren tödlichsten Instrumenten."

„Alles klar, ich hab einen Plan." Ich zog die anderen dicht zu mir heran und erklärte ihnen den Ablauf. Die Teams, die sich heute den Prüfungen der anderen Häuser gestellt hatten, hatten höchstwahrscheinlich ungiftiges Essen bekommen. Nur würden sie es nicht gerade freiwillig mit uns teilen. Wir mussten also für unser Abendessen die Ärmel hochkrempeln.

Der nächstgelegene Wohnwagen stand dicht an unseren gedrängt, aber unsere Nachbarn wollten wir auf keinen Fall beklauen. Wir mussten uns weiter weg wagen und so viele Anhänger zwischen uns und unsere Opfer bringen, dass sie nicht wissen konnten, wer der Täter war.

„Orin, meinst du, du kannst die Lichter ausmachen?" Ich führte unsere kleine Truppe joggend an.

„Kein Problem, darin bin ich geübt." Orin joggte ebenfalls, allerdings sah das bei ihm mehr nach Schweben aus. Irgendwie unheimlich und cool zugleich.

„Pete?"

„Jep, hab sie dabei." Er hielt zwei Kissenbezüge hoch und warf einen mir und den anderen Gregory zu. Als wäre Halloween, und wir wären eine Gruppe Kinder auf Süßigkeitenjagd. Nur dass wir weder singen noch nett fragen würden. Für unsere Opfer bedeutete das eher Saures als Süßes.

Gregory schüttelte grinsend seinen Kopf, während er den Kissenbezug auffing. „Dieser Ort steht für alles, nur nicht für Spaß. Warum macht das hier plötzlich so viel Spaß?"

Ich grinste zurück.

Pete zeigte mit einem Finger auf mich. „Das ist seine Schuld. Ich weiß nicht, wie er das macht. Aber ich weiß, dass das an Wild liegt."

Gregory hatte es nicht darauf abgesehen, mich zu mögen. Das hatte ich von dem Moment an gewusst, als ich ihn in der Gasse aufgelesen hatte. Er wollte niemanden mögen. Ich kannte Leute wie ihn aus meiner Kindheit – die Welt behandelte sie wie Dreck und sie taten so, als wäre es ihnen egal. Rory war auch so gewesen. Gregory wollte mir nicht trauen, aber langsam zog ich ihn auf meine Seite.

Ich zuckte die Achseln. „Ich hab Hunger. Ihr habt Hunger. Was gibt es da noch groß zu diskutieren? Holen wir uns was zu futtern."

Meine Güte, ich klang in diesem Moment genau wie Rory. So etwas in der Art hatte er damals zu mir gesagt, um mich zu überreden, unseren kleinen Supermarkt zu beklauen. Ich war mit einem Bündel Bananen im Hemd erwischt worden. Rory war wie immer ungeschoren davongekommen.

Wir vier nahmen unsere Stellungen ein. Zuerst mussten die Lichter gelöscht werden. Orin war auf dem Dach und zog an den Leitungen, völlig lautlos abgesehen vom Knacken der Drähte.

Im Wohnwagen vor uns wurde es schlagartig dunkel, drinnen erklangen Rufe. Als Nächstes war Pete an der Reihe. Er nahm seine Honigdachs-Gestalt an und wühlte wie verrückt den Boden unter dem Wagen auf. Er flippte regelrecht aus, knurrte und fauchte. Seine Krallen machten dabei mehr Lärm, als ich es für möglich gehalten hätte. Er hörte sich an wie ein Monster, und der gesamte Anhänger bebte. Gregory und ich lehnten uns von der anderen Seite gegen die Außenwand und ließen den Wagen langsam kippen. Ich blickte zu ihm rüber und sah, wie er von Ohr zu Ohr grinste.

„Macht Spaß, oder?", flüsterte ich.

Er kicherte. „Viel zu viel Spaß."

Das Geschrei drinnen verstärkte sich, und vom Dach her ertönte ein lautes Knarzen. Dann das Geräusch reißenden Blechs. Orin fügte seine ganz eigene Note hinzu.

Einen Sekundenbruchteil später flog die Tür auf, und die Jungs von drinnen stolperten auf ihrem Weg nach draußen übereinander. Sie rannten direkt auf die Villa zu, ohne sich umzusehen.

„Beeilung! Sie werden nicht lange brauchen, um einen Aufseher zu holen." Ich hob den Kissenbezug auf und lief zur Tür. Orin brachte die Verkabelung in Ordnung, und das Licht ging schlagartig wieder an. Einen Moment lang war ich geblendet und hielt mir die Hand vor die Augen, dann warf einen Blick auf das Essen. Es waren Unmengen – und sie hatten es kaum angerührt.

Dass ich bei dem Anblick kein warnendes Kribbeln spürte, war eine noch bessere Nachricht. Keine Intuition, die mir sagte, dass damit etwas nicht stimmte.

„Dieses Zeug ist einwandfrei", sagte ich, und wir begannen, die Behälter in den Kissenbezügen zu stapeln. In kaum einer Minute hatten wir beide gefüllt und machten uns auf den Rückweg.

„Schnell, sie kommen wieder, und sie haben Hilfe!", flüsterte Orin, während er vom Dach herunterkletterte. Wir stürmten los in Richtung der Baumreihe, die das Herrenhaus umgab. Das war zwar ein Umweg zu unserem Wohnwagen, aber so hatten wir die besten Chancen, nicht erwischt zu werden.

Pete schloss zu uns auf, immer noch auf vier Beinen, immer noch knurrend und fauchend. Gregory zog ein Törtchen aus seinem Beutel und warf es ihm zu. „Halt die Klappe, Pete."

Pete. Das war das erste Mal, dass er seinen Namen benutzt hatte. Vielleicht war ich nicht die Einzige, die den Kobold für sich gewinnen konnte.

Wir duckten uns in die Schatten und sahen zu, wie die fünf Mitglieder der anderen Gruppe jemanden zu ihrem Wohnwagen führten. Der Aufseher, der ihnen folgte, war …

„Oh, Mist, das ist –"

„Der Sandmann", sagte Orin unheilvoll.

Wenigstens hatte er in der Dunkelheit seine Pilotenbrille abgesetzt. Irgendwelche Grenzen musste seine Lächerlichkeit wohl kennen.

Er warf einen kurzen Blick auf den Anhänger. „Das Licht ist an."

„Nein, Sie verstehen nicht, wir wurden angegriffen!", sagte einer der Jungs. Seine Stimme war so hoch, dass er in den Mädchenschlafsaal hätte passen können.

„Ja, es war schlimm. Sachen gingen kaputt, die Lichter gingen aus – ich schwöre es! Eine der Bestien aus der Prüfung muss uns gefolgt sein. Ich konnte sie hören."

Ich streckte eine Faust aus, Pete stellte sich auf zwei Beine und klopfte mit einer Pfote dagegen. Punkt für unser Team.

Die Gruppe wandte sich ab, um die andere Seite des Wohnwagens zu begutachten, und ich nickte den anderen zu. „Lasst uns abhauen."

Wir eilten den Waldrand entlang und ich schaute nur einmal zurück, veranlasst durch ein Kribbeln entlang meiner Wirbelsäule. Mr. Koteletten stand außerhalb des Wohnwagens und starrte in unsere Richtung. Sein Blick streifte uns, ohne uns zu fixieren. Doch er wusste

Bescheid. Ganz sicher – er wusste, dass ich es gewesen war.

Ich schauderte und trieb die anderen weiter. Die Aussicht auf Essen und ein warmes Bett waren alles, was ich brauchte, um meine Füße in Bewegung zu halten … bis ich mich daran erinnerte, dass ich mit Schweiß, Schlamm und meinem eigenen Blut bedeckt war und man mich eine Meile weit riechen konnte.

Wie sollte ich in einem Wohnwagen voller Jungs duschen, ohne aufzufliegen?

KAPITEL 18

Unsere Beute war schneller aufgegessen, als ich es für möglich gehalten hätte. Trotz der Mahnung der Heilerin, nicht zu schlingen, hatte ich genau das getan. Jetzt sah ich mich einem dringenden Problem gegenüber: Nämlich, wie ich mich waschen sollte, ohne dass jemand mich nackt sah.

„Wer will zuerst duschen?", fragte ich.

„Du kannst, wenn du willst", sagte Pete und rollte sich in einem der unteren Betten zusammen. Nach all seinem Gejammer über Höhenangst war das keine überraschende Wahl.

Ich kniete mich neben eine der Truhen neben dem Hochbett, schob das offene Vorhängeschloss beiseite und klappte den Deckel auf. „Ich brauche eine Minute, um mein Essen sacken zu lassen. Du kannst gehen."

„Ich bin zuerst dran." Ethan öffnete eine Truhe auf der anderen Seite des Raumes und holte eine schlichte graue Jogginghose und ein weißes T-Shirt heraus.

„Natürlich bist du das", murmelte Pete, während Gregory und Orin die Truhen neben ihren Betten untersuchten.

Die Truhe, die wohl meine war, enthielt die gleichen Sachen wie Ethans. Erstaunlicherweise reichte mir die Hose bis zu den Knöcheln, obwohl ich mit Abstand die Größte im Raum war. Hatte ich mit meiner Kiste Glück gehabt, oder passte sich die Kleidung irgendwie demjenigen an, der sie hervorholte? Es war wohl wieder Magie.

Mir wurde schwindelig, und ich stützte mich an der Wand ab. „Dieser Magie-Kram macht mich fertig", sagte ich, während Ethan gerade sein Hemd auszog und eine gestählte Brust zum Vorschein brachte, die ich mir unter anderen Umständen ganz genau angesehen hätte. „Vampire, Kobolde, Gestaltwandler, *Zauberstäbe* ..." Ich rieb mir die Schläfen und sah mich müde um. „Ich warte immer noch darauf, dass ich aufwache."

Ethan blieb vor der Badezimmertür stehen. „Sieht nach Gemeinschaftsdusche aus." Er drehte sich finster zu uns um. „Vier Duschköpfe bedeuten nicht, dass sich hier vier Leute reinquetschen müssen. Bleibt mir mit euren haarigen Ärschen bloß vom Leib."

Pete stöhnte. „Kann dieser Ort überhaupt noch schlimmer werden?"

„Wenigstens gibt's 'ne Tür am Klo", sagte Orin, der an Ethans Kopf vorbeischielte.

Ethan erschauderte. „Alter. Glotz mich nicht an."

Mit ausdruckslosem Gesicht ließ Orin seinen Blick an Ethan von oben bis unten schweifen, bevor er langsam einen Schritt zurück machte. „Ich entferne mir übrigens sämtliche Haare am Körper mit Wachs."

„Das ist …" Ethan schnaubte angewidert und schüttelte den Kopf, sein Gesicht voll von Verwirrung und Abscheu. „In was zum Teufel bin ich hier hineingeraten?" Er ging ins Bad und knallte die Tür zu.

Pete rutsche an den Rand seiner Matratze, um mich besser sehen zu können. „Haben deine Eltern denn gar keine magischen Fähigkeiten? Also, ich würde mal stark davon ausgehen, dass mindestens einer von ihnen ein Schemen ist. Oder?"

Ich barg ein Hemd und eine kurze Unterhose aus der Truhe. „Ich habe ehrlich gesagt keine Ahnung." Ich drapierte meine Klamotten auf einer Stange am Bett. Orin schlüpfte ins Bad. „Aber jetzt, wo ich hier bin, sehe ich manche Dinge in einem anderen Licht. All diese Sachen, die meine Mutter in meiner Kindheit gesagt hat, lassen mich inzwischen glauben, dass sie diese Welt kannte. Das muss sie doch, oder?"

„Es sei denn, deine Großeltern haben sie aus irgendeinem Grund von der Schulpflicht befreien lassen", sagte Pete.

Ein lautes Quietschen drang aus dem Badezimmer, gefolgt vom Geräusch prasselnden Wassers.

Pete sah mir meine Verwirrung an. „Man kann sozusagen begnadigt werden. Dann muss man nicht zur Großen Auslese, darf dafür aber auch nicht auf die Akademie. Man lebt dann wie jemand ohne Magie und geht auf ein ganz normales College." Er schauderte. „Keine Ahnung, wie man das für sein Kind wollen kann. Das ist doch kein Leben. Nicht, wenn man das hier haben könnte."

Ich schnaubte. Das hier. Als ob die Große Auslese so etwas wie eine tolle Chance wäre.

Als ob die Akademie, in der Tommy gestorben war, so ein toller Ort wäre.

Ich spielte nervös mit dem Saum meines Pullovers, meine Gedanken wirbelten umher. Das war das Leben, das wir auf der Farm geführt hatten. Ohne Magie. Ohne Gerede über Magie. Warum hätten sich meine Eltern freiwillig dafür entscheiden sollen, für sich und ihre Kinder, wenn das in den Augen der magischen Welt so viel weniger wert war? Warum hatten sie diese ganze Welt vor uns geheimgehalten? Das ergab keinen Sinn. Ich musste irgendetwas übersehen.

Ich hege immer noch Groll darüber, dass sie das alles aufgeben musste, nur wegen irgendeinem Gerücht über einen Fluch. Mein Vater hatte das nach zu viel Schnaps vor sich hingemurmelt.

„Und dein Vater?", fragte Gregory und riss mich aus meinen Gedanken.

Ich schüttelte langsam den Kopf.

Ethans Stimme drang aus dem Badezimmer. „Alter, halt dich zurück. Ich sag's dir nicht nochmal." Offenbar hatte Orin bei seinem Ethan-Projekt den nächsten Gang eingelegt.

„Dad hat nie was erwähnt. Bis Mr. Koteletten auftauchte, hat er kein einziges Mal mit mir über Magie geredet. Aber ..." Ich dachte daran, was er über Tommy gesagt hatte. Darüber, dass er durch seinen Sohn hatte leben wollen. Ich schüttelte wieder den Kopf. Ich wollte nicht zugeben, dass er eine Null gewesen war. Nicht riskieren, dass sie über meinen Vater die Nase rümpften.

„Vielleicht wurden sie von der Auslese ausgeschlossen", sagte Gregory.

Das Wasser im Bad wurde abgedreht.

Ich grunzte nur und dachte darüber nach, was mein Vater gesagt hatte. Ich fragte mich, ob es stimmte. Hatte meine Mutter gewusst, dass Tommy in noch größerer Gefahr schweben würde als die anderen Schüler?

„Dafür gibt es Leute wie den Sandmann", sagte Pete. „Na ja … nicht speziell ihn, aber Leute, die die besorgten Eltern besuchen. Die Rekrutierer beschwatzen die Eltern und kriegen sie am Ende fast immer rum. *So* gefährlich ist es hier nun auch wieder nicht."

„Heute sind Leute *gestorben*", sagte ich, während Ethan mit einem locker um die Hüfte geschlungenen Handtuch aus dem Bad kam. Dampf stieg von ihm auf, und ich musste meinen Blick von den Wassertropfen losreißen, die an seiner gemeißelten Brust klebten. Jep, ich sah gar nicht hin, das interessierte mich gar nicht.

„Ja, aber das passiert so gut wie nie." Pete zuckte mit den Schultern.

„Wild hat recht", sagte Ethan, der mit seiner Truhe beschäftigt war. Er zog sein Handtuch weg und ich zuckte zusammen. Schleunigst lenkte ich meinen Blick auf das metallene Bettgestell vor mir. Langsam wurde das unangenehm. „Die heutigen Prüfungen hatten eine rekordverdächtig hohe Todesrate. Irgendjemand wird dafür seinen Job verlieren. Das kann ich garantieren."

Pete schwang sich aus dem Bett und schnappte sich seine Joggingmontur, drückte sie sich gegen die Brust und machte sich auf den Weg ins Bad. Hoffentlich bedeutete das, dass Sich-vor-allen-Ausziehen und Eierabtrocknen unter Männern kein Pflichtprogramm war. Zumindest nicht für alle. Gott sei Dank. Ich hatte gar keine Eier zum Abtrocknen.

„Kommst du?", fragte Pete.

Ich riss meinen Kopf zu Gregory hinüber, der mich anstarrte. „Geh du mit. Ich will nachsehen, ob es hier drin auch Boxershorts gibt. Man muss die Eier doch … atmen lassen."

„So etwas sagt nur einer, der noch nie richtig Sport gemacht hat", sagte Ethan und schlüpfte in seine Unterwäsche.

Jetzt wäre ein guter Zeitpunkt gewesen, mit dem Rauchen anzufangen und mich nach draußen zu entschuldigen.

„Was steht für morgen an?", fragte ich und kramte in meiner Truhe herum. Ich sah mir deren Inhalt ganz genau an, um mich davon abzuhalten, immer wieder auf den wirklich wohlgeformten Hintern vor mir zu linsen.

Das Wasser ging wieder an, und ich atmete erleichtert auf, als Gregory sich ins Bad stahl.

„Nichts. Sollte ein freier Tag sein." Ethan streifte sich endlich ein Hemd über, dann kletterte er mit seinem Handy aufs obere Bett. „Einen Tag Prüfungen, einen Tag frei. Morgen können wir die Villa erkunden und uns mit den anderen treffen."

„Und danach?" Ich zog mir die Cappy noch ein wenig tiefer ins Gesicht und ging auf den Ausgang zu. Vielleicht würde ich einfach einen Spaziergang durch unsere Umgebung machen, um unseren Schlafbereich zu sichern. Wenn das Licht aus war, würde ich mich hineinschleichen und schnell diskret duschen.

„Die nächste Prüfung. Wir sind jetzt in einem Team, also haltet ihr Bastarde euch lieber ran."

Ich schnaubte gereizt. „Bei der letzten Prüfung hast du dir offensichtlich auch keine großen Sorgen um dein Team gemacht."

Er zuckte unmerklich mit den Schultern, als ich die Türklinke betätigte. „Ich bin kein Babysitter. Wer nicht mithalten kann, ist selber schuld."

„Wohin gehst du?", fragte Orin, der wieder in der Ecke stand. Er starrte mich mit seinen tiefen, ernsten Augen an.

„Nur um ..." Ich malte mit meinem Finger einen Kreis in der Luft. „Ich will nur sichergehen, dass alles in Ordnung ist. Haut euch schonmal hin. Ich komme gleich nach."

Eine Stunde später hatte ich ungefähr eine Million Runden um den Wohnwagen gedreht. Ich schlich mich zurück, und mit schmerzenden Gliedern tappte ich durch die Dunkelheit. Ich war am Ende, körperlich und geistig. Was ich brauchte, war eine ordentliche Portion Schlaf, um endlich aus diesem Alptraum aufzuwachen. Was hätte ich nicht alles dafür gegeben, wieder zu Hause zu sein. In meinem eigenen Bett, mit den schnarchenden Zwillingen ein Stockwerk unter mir.

Dichte Schatten sammelten sich in den Ecken des Zimmers, ein einziger kleiner Lichtstreifen bahnte sich vom Badezimmer aus einen Weg über den Boden. Der rhythmische Klang tiefen Atmens sprach dafür, dass die Jungs fest schliefen. Ihre Körper sahen in der Dunkelheit wie kleine Haufen aus, die sich in die abgewrackten, unförmigen Matratzen kuschelten.

Ich schnappte mir leise die bereitgelegte Jogginghose und Unterwäsche, schlüpfte ins Bad und schloss hinter mir die Tür. In der Ecke war ein quadratischer Bereich blau gefliest und mit vier Duschköpfen ausgestattet. Die Köpfe waren für meinen Geschmack definitiv zu nah beieinander. Speckige grüne Fliesen erstreckten sich vom Duschbereich zu einem Pissoir, dahinter drängten sich zwei Toilettenkabinen. Ein langgezogenes Waschbecken mit reichlich Ablagefläche war seitlich platziert, darüber hing ein großer Spiegel. Ich hätte einiges darauf verwettet, dass die Mädchenschlafsäle und -bäder schöner waren. Die Einrichtungen für Mädchen waren immer gepflegter. Und Mädchen pinkelten nicht auf den Boden.

Der Wasserdruck war hart, aber warm, der Strahl prasselte auf meine Haut und ließ den ganzen Stress und die Sorgen wegschmelzen. Ich hoffte, dass mein Dad mein

Verschwinden gut verkraftet hatte und dass Buck nicht allzu rachgierig zur Farm gerauscht war.

Heimweh nagte an mir, als ich das Wasser abdrehte. Unter diesen Umständen konnte ich mir höchstens eine Blitzdusche leisten. Ich drehte mich um und griff nach dem Handtuch neben der Dusche, als plötzlich die Tür aufschwang und ein schlaftrunkener Pete mit verquollenen Augen hereinstapfte.

Ich erstarrte.

Er erstarrte.

Sein Blick klebte an meiner Brust.

„… Möpse?", sagte er ungläubig und atmete hastig aus. Er riss sich zusammen und lenkte seinen Blick auf den Boden, aber ich eilte bereits weg.

Ich war als Mädchen entlarvt worden, und das an meinem ersten gottverdammten Tag.

.

NACHWORT DES VERLAGS

Liebe Leserinnen und Leser,

wir haben es geschafft: Die erste Prüfung ist bestanden! Aber die Große Auslese hält noch einige Überraschungen bereit, und Wild und ihre neuen Freunde werden keine lange Verschnaufpause haben. Bedrohungen aller Art, Heimtücke, Verrat und der eine oder andere Flirt erwarten uns in Band zwei … und natürlich Magie. Viel mehr Magie, als Wild es sich je hätte träumen lassen.

Wir werden die Bände so veröffentlichen, dass ihr alle paar Wochen einen neuen Roman bekommt und mit *Shadowspell* den gesamten Winter über gemütliche Schmökerstunden verbringen könnt.

Oder schaut euch doch unsere andere Erfolgsserie aus den USA an: *Die Elemente der Magie*. Darin entdeckt Nicole, dass sie von griechischen Göttern abstammt und elementare Kräfte besitzt. Das schützt sie leider nicht davor, sich in einen Jungen zu verlieben, der schon vergeben ist – und zwar an das gefährlichste Mädchen der Schule …

Wollt ihr über die nächste Veröffentlichung benachrichtigt werden? Dann schaut auf www.verlag-von-morgen.de vorbei. Dort erwarten euch Bonusmaterial und Gratisgeschichten von unseren Autorinnen.

Auf bald in *Shadowspell* – der Akademie der Schatten!

Josephine, Julian und Jenny
verlag von morgen

Printed in Poland
by Amazon Fulfillment
Poland Sp. z o.o., Wrocław

86489522R00175